지옥보다
더

아래

지옥보다
더

아래

김승일
산문

아침달

목차

지옥보다
더
아래

나는 지옥이 무엇인지 모른다.
가끔은 지옥이 진짜 있는지 알
고 싶고, 가끔은 모르는 게 나
은 것 같다. 없는 것도 같다.
이 책에 등장하는 지옥에 대한
정의나 판단, 느낌 같은 것에
는 일관성이 없을 것이다. 난
지옥이라는 말이 나오는 작품
들을 좋아하고, 지옥이다, 지
옥 같다, 지옥에 떨어져라, 금
지옥엽 같은 말이 재밌고 좋
다. 지옥이라는 단어가 주는
다양한 느낌이나 의미가 전부
마음에 든다. 죄의 대가로서의

공간, 우울한 곳, 신에게서 가장 멀리 떨어진 공간, 무신론자가 가는 곳, 신이 존재하지 않는다는 과학적인 증거를 확인할 수 있는 곳, 시끄러운 곳, 소리가 존재하지 않는 공간, 무서운 곳, 안전한 곳, 자꾸 생각나는 곳, 고문당하는 곳, 빠져나올 수 없는 곳, 빠져나와야만 하는 곳, 녹조가 낀 해변, 젖과 꿀이 넘치는 곳, 잊어버린 기억, 다른 차원, 땅 밑에 있는 세상, 하얀 방, 지금 바로 여기, 기다리는 곳, 영원히 일하는 곳, 영원히 쉬는 곳, 낙원의 다른 이름 등등…… 문제는 이렇게 많은 느낌이나 의미를 내가 개별적인 것으로 취급하지 않는다는 거다. 지옥을 호명하거나 느낄 때, 나는 종종 이 모든 정보들을 한꺼번에 소환한다. 지옥은 엉망진창이다.

나는 항상 내 시의 화자가 지옥에 있다고 생각했다. 그리고 나는 매번 그들에게 거긴 아직 지옥이 아니라고 말해주었다. 그러니까 『지옥보다 더 아래』는 내 화자들이 가야 하는 곳에 대한 책이다. 그러나 가야 할 곳에 대해 말하기 위해서는 먼저 있었던 곳에 대해 언급할 필요가 있다. 있었던 곳에 대한 이야기를 시작하자. 그런 다음 가야 할 곳에 대한 이야기를 시작하자. 지옥에 가야 한다. 그리고 지옥보다 더 아래로 가야 한다. 더 위로 가도 된다. 나는 지옥에서 다음 지옥을 상상할 것이다. 지옥은 언제나 하나 더 있을 것이다. 내 말이 맞다.

이쯤 되면 독자들은 이 책이 뭐 하는 책인지 궁금할 것이다. 나도 잘 모르겠다. 지옥이 나오는 책이다.

양재천

병실에 할머니가 누워 있다. 노환으로 몇 년 고생하였고, 오늘 밤이나 내일 아침. 모레나 글피에는 돌아가실 것이다. 더 걸린다고 해도 사흘이다. 더 산다고 하여도 의식을 회복하지는 못할 것이다. 혼수상태는 깊은 무의식의 상태다. 나는 할머니가 혼수상태에 빠지기 직전에 도착했다. 할머니는 너무 아파서 말을 제대로 할 수 없었다. 할머니는 의사에게 모르핀을 달라며 비명을 질렀다. 힘없는 비명은 나직한 중얼거림과 다를 바 없었다. 할머니는 옛날 사람이었고, 손자가 남자라는 이유만으로, 내가 어떤 인간인지와는 상관없이 나를 무척 아꼈다. 정말로 아꼈는지는 모르겠다. 나는 할머니가 나를 잘 모른다고만 생각했다. 누가 알겠는가.

나 역시 할머니가 어떤 사람인지 몰랐다. 조용한 사람인 줄 알았고, 속내를 잘 비추지 않는 사람이라고 생각했다. 할머니는 불교를 믿었는데, 나는 할머니의 종교를 단순한 기복신앙 정도로만 여겼다. 믿음을 낮추어 봤던 것이다. 어쨌든 오세임이 혼수상태에 빠지기 바로 직전에 나는 병실에 도착했다. 내가 도착하면 언제나 활짝 미소 지으며 왔느냐고 좋아했던 할머니는, 주위에서 내가 왔다고 알려주는데도 내게 전혀 관심이 없었다. 오히려 내가 왔다는 사실을 반기지 않는 것만 같았다. 곧장 주사를 맞았고 다시는 깨어나지 않았다.

할머니는 혼수상태에 빠지기 직전에도 이미 무의식의 상태였던 것 같다. 나는 나를 향한 적의를 느꼈다. 할머니는 내가 얼마나 그녀를 덜 사랑했는지 알고 있었던 것 같다. 내가 정말 충분히 사랑하지 못했는지, 조부모를 향한 사랑이 얼마나 커야 하는지, 충분한 사랑이 무엇인지 나는 모른다. 어쨌든 그날의

할머니는 내가 어떤 사람인지 아는 것처럼 보였다. 나는 스무 살이 된 지 한 달도 채 되지 않았고, 머리는 세 번 탈색하여서 하늘거리는 금발이었다. 죽어가는 누군가의 옆에서 무언가를 기다리는 것은 처음이었다. 작은 일인실이었다. 할머니의 손가락이 조금만 떨려도 가족들은 호들갑을 떨었다. 그러나 할머니는 다시 일어나지 않았다. 욕창을 방지하기 위해 간호조무사가 계속 할머니의 몸을 뒤집었다. 가래를 뽑는 호스를 목구멍에 삽입했다. 나는 할머니의 가래가 유리병으로 빨려 들어가는 것을 하염없이 바라보았다.

의사에게 말해서 산소호흡기를 떼야 할지도 몰라. 절대 다시 깨어날 수 없어. 고통을 방관해선 안돼. 새벽이었다. 이제 보내주자고 했다. 이모할머니의 제안이었다. 이모할머니는 안과의사였다. 하지만 결국 마스크는 떼지 않았다. 나는 혼자 있을 시간이 필요했다. 병실에는 할머니와 나 말고도 꼭 한 사람이 더 있었다. 너무 답답했다. 나는 당시에 내가 짝사랑하던 애를 생각해야 했다. 혼자서 해야 더 절실하게 상상할 수 있었다. 병실이 가족으로 꽉 차 있었고, 나는 1층 로비로 내려가서 혼자 시간을 보냈다. 거기에도 사람들은 많았지만, 나랑은 상관없는 사람들이었

17

다. 너무나도 쾌적하였다. 나는 로비에 있는 TV를 보면서 내가 좋아하는 사람을 떠올리거나, 늘 하던 대로 내가 곧 대단한 예술가가 되면 좋겠다는 생각을 했다. 아무 생각이 아무 생각을 낳았다. 그러다 이상한 기분이 들어 휴대전화를 확인했다. 아빠에게서 전화가 와 있었다. 얼른 다시 병실로 올라갔다. 왜 이제 왔느냐고 했다. 방금 돌아가셨다고 했다. 다들 울고 있었다. 가까운 친족의 죽음을 목격한 것은 처음이었다. 내 눈에서도 물이 뚝 떨어졌다. 나는 계속 유리병에 가득 찬 가래를 떠올린다. 떠오른다. 가래는 미끄럽다. 어머 가래가 많이 나오시네. 고통스러우시겠네. 간호조무사가 유리병을 교체한다. 나는 다시 유리병에 가래가 차는 것을 본다. 어머니 승일이가 왔어요. 그 말을 들은 노인은 고개를 아래위가 아니라 좌우로 흔든다. 그리고 절대 내 눈을 쳐다보지 않는다. 그는 이미 깊은 무의식의 상태에 있다.

세 사람이 딱이다. 네 사람은 너무 많다. 그래서 삼총사라는 말이 있는 것 같다. 지옥엔 항상 한 테이블에 네 사람 이상 모여 있을 것이다. 모여 있다…… 지옥에선 모여 있다. 아마 딱 네 사람만 모여 있는 일이 잦을 것이다. 한 고문대에 네 사람이 모여 있을 것이다. 군중의 지옥도 괴롭겠지만 세 사람을 초과했다는 것을 가장 잘 알게 해주는 것은 네 사람이니까. 네 사람의 지옥이 있을 거다. 네 사람이 되는 순간, 삼총사가 아니게 되는 순간(물론 뒤마의 삼총사는 네 사람이다), 우리는 나머지 한 사람이 꺼져줬으면 하고 바라게 된다. 내게도 그런 순간이 있었다. 내가 유년을 보낸 곳은 과천이라는 소도시였고, 거기가 바로 양재천이 시작되는 곳이었다. 양재천의 발원지는 관악산이다. 거기서 조금 떨어진 곳, 과천에서 강남으로 천이 뻗어나가기 시작하는 곳에서 우리는 놀았다. 정확히는 나를 제외한 셋이 먼저 와서 놀고 있었다. 나는 먼저 놀고 있는 셋 중의 둘과 내가 가장 친한 친구인 줄 알았다. 하지만 내가 늦게 도착하고 보니 자기들이 삼총사라는 것이었다. 여기서 놀고 싶으면 놀아도 괜찮아. 하지만 그래도 우리들만이 삼총사라는 것은 바뀌지 않지. 나는 그중 한 명의 명예를 실추시켜서 내가 다시 삼총사에 낄 수 있기를 바랐다. 그래서 나는 속상함을 무릅쓰고 양재천에 들어갔다. 나는 양재천을, 정확히는 우리가 매일 놀았던 그 부근을 싫어했다. 거기가 내 지옥이었다. 쓰레기 타는 냄새가, 풀 비린내가, 썩는 냄새가, 물비린내가 너무 심했다. 나는 오이를 먹지 못하는데, 물비린내가 오이 냄새와 비슷했다. 거기서 놀 때 나는 계속 헛구역질을 했다. 물이끼가 뒤덮인 강바닥이 너무 미끄러워서 계속 넘어졌다. 넘어질 때마다 물이 콧구멍으로 들어왔다. 나는 그 물을 계속 삼켜야만 했다. 아무리 삼켜도 냄새에 익숙해질 수 없었다. 나는 다른 애들이 어떻게 이 냄새를 참는지 알 수 없었다. 내 비위가 딴 애들보다 약한 것 같았다. 나는 비위가 약한 내가 싫었던가? 아닌 것 같아. 난 아직 내가 나라는 사실이 싫지 않았다. 나는 나보다 양재천이 싫었다.

나는 우리 삼총사에 갑자기 끼어든 그 멍청하고 오만한 놈이 싫었다. 어쩌면 그 애는 별로 삼총사이고 싶지 않았을지도 모른다. 그냥 나를 놀리는 게 좋았던 건지도. 그 애만 나를 놀리고 싶었던 게 아닌지도 몰라. 모두가 놀렸지. 놀리는 재미가 있는 사람이니까. 놀리면 눈을 토끼처럼 뜨고, 진심으로 속상해하고, 왜인지 모르겠는데 뒤끝이 없으니까. 잘 웃으니까. 그래서 나는 계속 구역질을 했고, 계속 놀림을 당했고, 양재천 바닥에 박힌 커다란 돌을 들어서 천변 밖에 던지면서 놀았다. 우리는 강에서 바위를 없애는 놀이를 하고 있었다. 그건 그냥 조금 큰 돌이었지만 우리에겐 너무나도 무겁고 미끄러웠다. 우리는 소금쟁이를 잡았다. 소금쟁이는 웅덩이에 산다. 양재천은 유속이 느리지 않았다. 하지만 양재천은 웅덩이 같았다. 양재천은 호수가 아니었다. 그러나 양재천에는 늘 녹조가 끼어 있었다. 우리는 올챙이를 잡았다. 올챙이를 잡다가 보면 개구리알 생각이 났다. 도롱뇽알도 떠올랐다. 나는 그것들을 채집한 적이 있었다. 그것들은 미끄덩했다. 그것들을 계곡이나 논에서 찾았다. 그것들을 집으로 가져와서 베란다에 두었다. 그것들을 만져본 적이 있었다. 그것들은 끈적거렸다. 그것들의 온도는 미지근했다. 양재천의 온도는 미지근했다. 유리병에 담긴 오세임의 가래처럼. 뜨거울 것같았지만 미지근했다. 시원했거나 차가웠던 것이 맞겠지만, 양재천의 온도는 할머니의 가래와 비슷한 온기를 지니고 있었다. 할머니의 가래를 만져본 적은 없지만, 나는 내 가래의 온도를 알고 있다. 가래는 종종 뜨거운 액체다. 하지만 뱉는 동시에 빠르게 식기 시작한다. 식고 있는 가래는 양재천처럼 미지근하다. 식어버린 가래는 양재천처럼 미지근하다. 나는 절대 따뜻한 물을 마시지 않는다. 따뜻한 물은 양재천을 생각나게 한다. 따뜻함과 미지근함은 다른 온도지만,

내게 있어서는 정확히 같은 온도처럼 느껴진다. 물이 조금만 따뜻해도 양재천을 마시는 것 같다. 나는 아주 차가운 물이 아니면 마시지 않는다. 양재천의 올챙이는 내가 부화시킨 올챙이와, 학교에서 다 함께 수조에 넣고 키우던 올챙이와는 모양이 완전히 달랐다. 머리가 무서울 정도로 컸다. 분명 종이 달랐던 것이겠지. 하지만 나는 양재천이 더러운 개천이라서 유전자 변이가 생긴 거라고 믿었다. 나는 양재천이 싫었지만 우리는 거의 매일 양재천에서 놀았다. 나는 당시에 양재천이 양재천인지도 몰랐다. 개천에서 봐. 개천에서 놀자. 다들 그렇게 불렀다. 그러나 내 머릿속에서는 개천도 양재천도 아니었다. 내가 따로 부르는 별칭이 있지는 않았다. 나에게 있어 그 개천은 실제로 존재하는 공간이라기보다는 느낌과 감각의 집합체였다. 지금도 양재천을 떠올리면, 양재천이라는 명칭은 어색한 무언가처럼 느껴진다. 내게는 그저 녹색. 악취가 나는 초록색. 미끄러운 녹색. 천변에 빽빽하게 자란 잡초. 내 기억 속의 양재천은 초록색이다.

지옥은 초록색이다. 지옥은 연두색이다. 지옥은 녹색 계통이다. 이것이 내가 지옥이라는 단어를 떠올릴 때 가장 먼저 하는 생각이다. 내가 들었거나, 흥미

롭다고 생각하고 있거나, 상상하는 지옥은 대부분 녹색 계통이다. 미끄럽고 미지근한 양재천이라는 지옥. 거기서 나는 얼마나 놀았던 걸까? 몇 달? 몇 년? 잘 기억이 나지 않는다. 관악산 근처의 계곡물은 마셔도 좋을 만큼 깨끗했는데. 그러니까 거기서 도롱뇽알을 채집했던 것 같아. 그 알들은 차갑고 깨끗한 물에서 행복한 것 같았다. 개구리알은 논에서 채집했다. 논에 고인 물에는 장구벌레가 살았다. 논에 고인 물은 도롱뇽알의 물보다 차갑지 않았다. 따뜻하지도 않았지만…… 그러니까 나는 도롱뇽이 개구리보다 좋았다. 더 차가운 곳에서 태어난 것 같아서. 하지만 나는 계곡에서보다 개천에서 훨씬 더 많은 시간을 보냈다. 구역질을 하면서. 그만 놀고 집으로 돌아가는 선택지는 애초에 존재하지도 않았다. 나는 삼총사가 되고 싶었다. 아니지. 삼총사가 되고 싶은 게 아니라, 삼총사에서 쫓겨난 사람이고 싶지 않았다. 다행히 같이 놀고 있으면 애들이 더는 놀리지 않았다. 더는 삼총사라는 단어를 입에 담지도 않았다. 나도 삼총사에 대한 일은 잊고, 비린내를 꾹 참으면서 커다란 돌들을 개천 밖으로 던지는 데 집중했다. 하지만 셋보다 넷이 불편하다는 건 바뀌지 않았다. 넷은 불편하다. 네 명이 모여 있으면 안전하지 않다. 나는 조금이라도 불편한 것을 잘 못 견디는 인간이었다. 그건 이 글을 쓰고 있는 지금도 그렇다. 그러나 다행히도 나는 티를 내는 인간이 아니었다. 나는 티가 나는 인간이지 일부러 티를 내는 인간은 아니다. 그래서 나는 아마 지옥에서도 놀림을 당할 것이다. 만약 깃털로 간지럽히는 지옥이 있다면. 그것도 못 참냐고, 벌써 백 년이나 간지럼힘을 당했는데, 아직도 못 참냐고. 누군가가 묻는다면…… 일부러 티를 내는 건 아니라고. 그냥 참을성이 없을 뿐이라고. 티가 날 뿐이라고. 놀리지 말아달라고 부탁할 것이다. 생각해보니 살면서 누구한테도 나 좀 놀리지 말아달라고 부탁을 해본 적이 없구나. 나는 어쩌면 사람들이 놀리는 걸 좋아하는 사람일지도 몰라. 모두가 웃는 게 좋으니까. 녹색 계통의 간지럽히는 지옥에서 나는 삼총사였다가 삼총사가 아니었다가, 다시 삼총사인 것 같았던 유년 시절의 사회관계를 생각할 것이다. 나는 지옥에서도 양재천이라는 지옥을 떠올릴 것이다. 그곳에서 함께 놀았던 애들은 어디에 있을까? 걔들도 지옥에 있을까? 난 참자기만 아는 인간이야. 난 동창회도 나가본 적이 없고. 초등학생 때 짝꿍 이름이 뭐였는지도 더는 생각이 안 나. 삼총사들의 이름은 생각이 나긴 해. 뭘 하고 사니? 너희들은 아직도 서로 만나니? 술도 마시고? 나는 술을 거의 끊었어. 너희도 지옥에 있니? 그런데 문제가 있단다. 여기가 정말 지옥일까? 지옥이라고 부르지 말아보자.

녹색 계통의 미지근한 공간에서, 처음보는 사람 넷이 모여 고문을 받으면서. 아니 어쩌면 그저 넷이 모여 있는 것이 일종의 고문인데. 여기가 지옥인가 봐요. 누가 말하면 나는 아니라고 할 것이다. 아니기 때문이다. 양재천이 지옥이면서 지옥이 아니듯이. 그러니까 겨울의 양재천 말이다. 겨울에는 물에 들어가서 놀지 않았다. 겨울의 양재천은 물비린내가 심하지 않았다. 억새 비슷한 것들이 천변에 늘어섰다. 초등학교를 졸업할 때쯤 되었다. 우리는 학원에 가고 있었다. 여기서 우리는 누구인가? 모르겠다. 어렸을 때는 언제나 우연히, 순식간에 애들이 한곳에 모이곤 했으니까. 동선이 맞았던 것일까? 누가 라이터를 가져왔지? 신문지를 태우기 시작했고, 불이 갈대에 옮겨붙었다. 갈대에서 갈대로. 불이 계속 옮겨붙었다. 우리는 비닐 잠바를 벗어 타고 있는 것을 내려치기 시작했다. 그 불이 꺼졌던가? 아니면 길 가던 어른이 보고 껐던가? 그냥 불타라고 두고 도망갔던 것 같은데. 모르겠다. 어쨌든 그것으로 끝이었다. 다시는 그곳에서 물비린내를 맡지 못했다. 양재천에는 자전거도로가 생겼고, 수질 개선, 생태계 복원 사업이 한창이었고. 이제는 과천 신문에서 다른 개천과 비교도 한다. 수질이 좋아져서 당당하다고 한다. 이제는 백로도 온다. 더는 미끄럽지도, 냄새가 심하지도 않다. 몸에서 탄 내가 난다. 물에서 탄 내가 난다. 내가 좋아하는 표현이다.

조합원

　식기 시작한 것들은 미끄러웠어 할머니가 쏟은
가래, 도롱뇽 알, 갓난아이, 녹조 위로 떨어지는 햇볕,
개천으로 뛰어드는 친구들, 친구들을 따라 뛰어드는
나, 딛는 곳마다 물이끼가 밟히고 수온은 미지근했지

　머리가 오백 원짜리 동전만 한 올챙이들 나는 올
챙이가 초식 동물인 줄 알았어 한 놈 대가리에 열이
붙어 썹고 있을 적에도
　풀을 뜯어 먹는 줄 알았어 개미 떼가 빨고 있는 사
탕 파리 떼가 엉겨 붙은 석양 녘에도 피 흘리지 않는

　내 또래 애들은 물이끼를 밟고 풍덩 넘어지는 것
을 좋아해 그래서 나도 넘어져봤어 친구들, 친구들처
럼…… 꿀꺽꿀꺽 개천 물을 마실 때마다 가시가 달
린 청각처럼 비린내처럼 쉽게 팬티 속으로 들어오는

것들

한 번 들어온 징그러움은 영원한 협력자다

우리가 걸어가면 우리는 네 마리 도롱뇽들, 따라
오던 내 동생은 아까 넘어져서 돌쩌귀에 머리를 찧었
는데 아직 거기 꼼짝 않고 누워 있는데 피는 한 방울
도 나오지 않았지 친구들은 계속 걸었고
　나도 따라 걸었어 우리는 네 마리 도롱뇽들 물을
너무 마셔서 콧물만 나왔어

야광 잠바를 입은 친구가 신발 사러 엄마랑 백화
점에 간대 그런데 기침을 자꾸 하는 애도 다섯 시에
태권도를 간대
　내 동생도 집에 가서 설거지를 해야 하는데

저렇게 누워만 있어

우린 꽤 멀리 왔지? 그런데 다들 어디 갔니? 난
우리가 어딘가 당도하려는 줄 알았는데

뒤집혀진 장갑 속에서, 기름에 전 장화 속에서
나 알을 찾아어 축 늘어진 청포도, 청포도였어

열쇠

나는 열쇠를 싫어한다. 잃어버릴 수 있기 때문이다. 어떤 사람은 잃어버릴 수 있어서 열쇠를 좋아한다. 열쇠의 생김새나 톱니의 다양한 패턴을 좋아하는 인간도 있겠지. 나는 아니다. 나는 구멍에 맞지 않는 열쇠를 끼운 적이 많고, 열쇠가 문제가 아니라 구멍이 문제라고 생각한 적이 많다. 분명히 내 열쇠에는 문제가 없으므로 구멍에 녹이 슬었거나 이물질이 낀 것이다. 그래서 있는 힘껏 열쇠를 돌리고, 열쇠가 휘어지고, 끊어질 때까지 빙글빙글 돌아가게 만들었다. 종종 그렇게 했던 것 같다. 열쇠가 휘어질 때 기분이 좋았다. 열쇠가 끊어지는지도 모르고. 문이 드디어 열리는 줄 알고 기뻐하곤 했다. 근데 나도 바보는 아니니까. 이거 큰일이 났구나. 그만 돌려야 돼. 어서 열쇠를 빼야 해. 재빨리 상황을 파악하기도 했다. 그러나 갑자기 돌아가기 시작한 느낌이 너무 좋아서, 그만 돌려야 하는데 계속 돌리게 된다. 늘 그렇다. 뒤늦게 모든 것을 망쳐버렸다는 절망감에 젖어, 열쇠공을 불러서는 잠금장치를 아예 교체하기도 했다. 길에서 주운 작은 열쇠를 사물함에 끼우고(자물쇠로 잠그는 사물함이 아니라, 잠금장치 일체형이었다) 빙글빙글 돌려서 끊어먹기도 했다. 나는 누가(누구인지는 모르지만) 나를 혼낼 것이 두려워서 그냥 졸업할 때까지 내가 사물함을 쓰지 못한다는 사실을 숨겼다. 학교라는 지옥에서 관리하는 사물함은 열쇠공을 불러 고치기보다는 그냥 창고에서 하나 가져와서 통째로 교체한다. 내가 고장 낸 사물함은 열쇠공이나 기능직 공무원을 만나 다시 사물함이 되었을까? 아니면…… 모르겠다. 상상이 잘 되지 않는군. 그렇다면 그 사물함도 지옥이다.

함피에서 스쿠터를 빌렸다. 함피는 인도에 있는

마을이다. 돌산이 많다. 어딜 가나 돌이고, 무더기고, 거의 모든 언덕의 정상엔 사원이나 유적이 있다. 배낭 여행이었기 때문에 가이드를 구하지 않았고, 스쿠터를 빌려서 일주일 정도 그냥 돌아다녔다. 굉장히 더웠고 어딜 가나 돌이었다. 나는 함피에서 「펜은 심장의 지진계」라는 시를 썼다. 쓸쓸한 시였다. 누가 누군가를 계속 기다리는 시였다. 누가 무언가를 계속 원하는 시였다. 아무도 없는 숙소의 노천 카페에서, 공책에다가 볼펜으로 썼다. 친구를 기다리는 중이었다. 친구는 인도 여행에서 나에게 완전히 질려버렸다. 내가 고아라는 관광지에서 술을 마시고 문제를 너무 많이 일으켰기 때문이었다. 아니면 그냥 걔도 잠깐 혼자가 되고 싶었는지도 모르지. 음, 아마 그건 아닐 것이다. 걔는 나랑 헤어지고 나서 수많은 한국 관광객들과 친구가 되어서 인도 남부 끝까지 여행했다. 나더러 함피에서 기다리라고, 곧 가겠다고 하고서는 아주 천천히 왔다. 언제 오느냐고 연락할 길도 없었으니까, 난 그냥 함피의 구석구석을 돌아다니거나 시를 썼다.

어딜 가나 돌이었다. 나는 술도 마시지 않았고, 쓰고 싶은 만큼 내 시간을 마음대로 썼다. 함피는 시간이 멈춘 지옥 같았다. 다시 거기로 간다면 시를 아주 많이 쓸 수 있을 것 같다. 하지만 다시 가지는 않을 것이다. 숙소에서 아주 귀여운 쥐가 매일 튀어나왔으니까. 방을 옮기거나 숙소를 옮겨도 항상 쥐가 나왔다. 문제는 그 쥐가 너무 귀여운 쥐라서, 내가 질겁을 한다는 사실이 어쩐지 부끄러웠다는 거다. 함피에서 만난, 튀르키예에서 온 여행객은 자기 방에 귀여운 쥐가 나온다면서 좋아했다. 난 내 방에선 쥐가 나오지 않는다고 했다.

나는 스쿠터가 들어갈 수 있는 길이면 하나도 놓치지 않으려고 했다. 도로는 전부 비포장이었고, 바퀴에 돌이 깨지면서 튀어 올라선 종아리를 때렸다. 그래도 좋았다. 사원이 많았고, 전부 다른 신을 모시는 사원이었다. 어떤 신을 모시는 사원인지 추측하는 것도 재밌었다. 중간중간 작은 저수지나 아주 작은 논밭이 있었다. 그런 곳에는 늘 지금 막 만들어지고 있는 길이 있어서, 하염없이 달리다가도 중간에 길이 끊겼다. 이 길이 아니구나. 다시 달리다가. 이 길이 아니구나. 다시 되돌아가고. 그렇게 반복해서 길을 잘못 드는 일이 재밌었다.

도대체 뭐가 나올지 알 수 없었다. 길이 끊겼을지, 가네샤 사원이 나올지 알 수 없었다. 그러다 한 무리의 관광객들을 마주쳤다. 가이드가 인솔하고 있었다. 나는 슬며시 섞여 들어선 어떤 돌산에 올라갔다. 올라가면서 가이드가 자꾸 돌에 귀를 대고 툭툭 쳐보라고 권했다.

사운드 스톤이라고 했다. 돌에서 실로폰 소리가 났다. 함피에서 지내면서 이런 돌을 아주 많이 봤는데. 이게 이런 돌이었구나. 역시 여행자에겐 가이드가 필요한 걸까. 이끌어주는 사람이 없으면 영원히 알 수 없는 게 너무 많은 것 같군. 우리는(어느새 우리가 되었다) 정상에 올라서 하누만이라는 원숭이 신의 사원에 갔다. 거기엔 엄청나게 늙은 수도승이 있었다. 나 혼자 왔으면 이 수도승을 만날 수 없었겠지. 가이드가 미리 연락을 해서, 쇼를 선사하기 위해 사원에 온 것 같았다. 사원은 여섯 사람이 들어가면 꽉 차는 조그만 석굴이었다. 수도승은 우리에게 요가를 보여주었다. 그는 고간이 입에 닿는 요가를 보여주었다. 우리는 박수를 쳤다. 가이드는 우리에게 횡재가 있을 거라고 했다. 하누만은 돈을 관장하는 신이라고 알려주었다. 정말인지는 알 수 없었다. 그게 어디든, 무슨 신이든, 대부분의 신은 돈과 관련이 있으니까. 어쨌든 나는 싸고, 쥐가 튀어나오지 않는 숙소를 얻게 되었으면 좋겠다고 생각하면서 다시 스쿠터를 타고 달렸다. 시계가 없어서 몇 시쯤 됐는지 알 수 없었다. 나는 계속 끊긴 길에 들어갔다. 지도를 만드는 사람처럼 놀았다. 그러다 기름이 떨어졌다. 아 큰일이구나. 넉넉히 넣었어야 하는데. 혹시 걸릴 수도 있으니까, 다시 시동을 걸어보려고 했다.

대단한 일이 벌어져 있었다. 열쇠가 있어야 할 자리에 열쇠가 없었다. 어떻게 키가 꽂혀 있지 않을 수가 있지. 방금 떨어뜨렸나. 아니야. 주위를 둘러보아도 열쇠는 보이지 않았다. 도대체 무슨 일이지. 아 그렇구나. 비포장도로를 달리면서, 너무 흔들려서, 키가 혼자서 빠진 거였다. 구멍이 너무 헐거웠던 거였다. 키가 빠지고도 시동은 꺼지지 않았고, 그래서 기름이 떨어질 때까지 달릴 수 있었던 거구나. 내 입에선 욕도 나오지 않았다. 살면서 이런 일이 벌어질 거라고는 단 한 번도 생각해본 적 없었다. 꿈이 아니었다. 그렇다고 현실도 아니었다. 다르게 말해보면 세상에서 가장 명백한 현실이었다.

나는 돈 걱정이 되었다. 사실 인도에서는 아무리 큰 일이 벌어져도 큰 돈이 들지 않는다. 물가가 너무 싸기 때문이다. 그치만 배낭 여행자에겐 이상한 강박이 있지. 숙소도 일부러 가장 싼 곳만 가고(난 아니다), 음식도 가장 싼 음식만 먹는다(난 아니다). 난 열쇠가 빠지는 스쿠터를 빌려준 사람을 저주하기보다는…… 스쿠터 주인이 열쇳값을 내놓으라며 화를 내거나, 바가지를 씌울 수도 있겠다고 생각해서 패닉에 빠졌다. 나는 망했고, 이 싸구려 스쿠터로 흥에 취해서 너무 멀리 왔고, 숙소까진 스쿠터를 밀고 가면 아마 서너 시간쯤 걸리겠지. 지금이 몇 시지. 함피는 개발이 아예 되지 않은 깡시골이고, 가로등 같은 건 기대할 수 없었다. 어젠 저녁에 스쿠터를 타고 숙소에 가다가 너무 무서웠지. 의지할 것이 스쿠터 전조등밖에 없어서. 길도 제대로 보이지 않고. 논두렁에 빠질 것 같았지. 갑자기 도적 떼가 급습하거나 인도 귀신이 나올 것 같았는데. 이젠 전조등도 켤 수 없구나. 어떻게든 마을을 찾아야 돼. 어디인지도 모르겠는 마을을 향해 스쿠터를 밀었다. 한 시간쯤 밀고 갔을까. 온몸이 땀에 젖은 채로. 하누만에게 기도하며 밀었다. 아주 작은 촌락이 나타났다. 몇 시쯤 되었을까. 나는 어떤 아저씨에게 되지도 않는 영어로 기름이 떨어졌고 시동이 걸리지 않는다며 호들갑을 떨었다. 그러나 그 사람은 영어를 할 줄 모르는 사람이었다. 다행히

보디랭귀지로 내 스쿠터 열쇠가 사라졌고, 기름이 떨어졌으며, 연료통도 스쿠터 키로 열어야 하는데 열쇠가 없으니 그마저도 가능하지 않다는 얘기를 전하는 데 성공했다. 그 아저씨는 너무나도 좋은 사람이었고, 촌락의 중심부로 나를 데려갔다. 그는 큰 소리로 촌락에 사는 모든 사람들을 불러내었다. 그리곤 혹시 영어를 할 수 있는 사람이 있느냐고 묻는 듯했다. 아홉 살쯤 되어 보이는 어린애 하나가 영어를 할 줄 알았다. 사람들이 머리를 맞대고 내 문제를 해결하기 위해 애를 썼다. 아직 아무것도 해결되지 않았지만, 나는 나를 위해 모인 사람들에게 연신 나마스떼를 외쳤다. 그러나 영어를 할 줄 아는 유일한 사람, 어린애는 나를 삐딱한 눈으로 바라보았다. 어린애는 어른들에 지지 않고 뭐라고 자꾸 떠들었는데, 난 그게 나를 돕지 말자는 의견으로 느껴졌다. 외국인을 왜 돕냐는 것 같았다. 해결책이 나왔다. 일단 배선에 스파크를 일으켜서 시동을 걸면 10분 정도는 어찌어찌 달릴 수 있을 것이다. 그런 다음 옆 촌락에 가면 열쇠 없이도 연료통 뚜껑을 딸 줄 아는 기술자가 있다. 열어서 기름을 채워라. 그런 다음 한 시간 반쯤 스쿠터를 타고 달리면 큰 도시가 나온다. 그 도시에 가면 연료통의 열쇠 구멍을 분석해서 새 열쇠를 만들어주는 장인이 산다. 그렇군요! 나는 살았군요! 정말 감사합니다. 영어를 할 줄 아는 어린애는 내가 내 은인들에게 빚을 졌으니 사례금을 두둑이 치러야 한다고 말했다. 나는 지갑에서 300루피를 꺼내서 드리려고 했다. 하지만 내 은인은 받지 않았다. 영어를 할 줄 아는 어린애는 왜 받지 않느냐며 화를 냈고, 아저씨는 그 아이를 나무라는 듯했다. 내 은인은 이 모든 일을 나 혼자 할 수는 없으니까, 영어를 할 줄 아는 어린애를 데리고 가라고 했다. 나는 영어를 할 줄 아는 어린애와 여정을 떠났다.

통상적인 대화가 오고 갔다. 어디서 왔느냐. 한국은 좋으냐. 인도는 어떠냐. 그러는 동안 연료를 채울 수 있었고, 우리는 도시로 향했다. 그 애는 자기가 한국인들과 아주 친하다고 했다. 나는 너무 피곤했는데, 그 애는 자기가 스쿠터를 운전할 수 있겠느냐고 했다. 나는 그 애가 원하는 것을 모두 들어줄 심산이었다. 위험하진 않을까. 하지만 그냥 운전하라고 했다. 우리는 한 시간 반 동안 달렸다. 그 애는 나보다도 스쿠터 운전을 잘했다.

경적을 잘 울렸고, 속도도 일정했다. 시동이 꺼

지면 안 됐다. 우리 중엔 시동을 다시 켤 수 있는 사람이 없었다. 바람이 너무 시원했다. 난 정확히 이렇게 생각했다. 지옥으로 가는 길 같군. 이 여정이 영원할 것 같아. 볼에 욕심이 가득한, 영어를 할 줄 아는 인도 애랑 같이. 영원히 이 길을 달릴 것 같아. 더운 날씨이고, 더운 지역이지만, 스쿠터가 멈추지 않는 한은 이렇게 시원하고. 너무 계속 시원해서 이젠 좀 춥다고 느껴지네. 우리가 가고 있는 곳이 바로 지옥인 것 같아. 그 애는 내게 말했다. 이렇게 멀고, 내가 널 데려다주고 있으니, 넌 나에게 선물을 하나 해야 할 거야. 나는 알겠다고 말했다. 선물이라니. 초콜릿 같은 걸 말하는 건가.

당연히 줘야지. 열쇠를 잃어버렸다고 스쿠터 주인에게 혼나는 것보다는 훨씬 낫지. 그 어린애는 말했다. 아 참, 내 이름은 하누만이야. 네 이름은 뭐야? 아…… 하누만이구나. 이 애 이름이 하누만이군. 오늘 난 하누만 신전에 다녀왔어. 내 이름은 승일이야. 발음하기 어렵다면 썬이라고 불러도 돼. 정말 세상은 재밌어. 엄청난 경험이야. 하누만이 날 도와주다니.

이것이 횡재인가. 아니 처음부터 키를 잃어버리지 않았더면 더 좋았을 것 같은데. 날파리가 얼굴에 맞고 죽었다. 계속 죽었다. 우리는 도시에 도착했고, 노점에 있는 어떤 상인이 엄청나게 싼값으로 열쇠를 하나 만들어줬다. 하누만이 말했다. 이제 내게 선물을 줄 시간이야.

그래…… 뭘 원하니? 핸드폰을 사줘. 뭐라고? 자 여기야. 여기가 핸드폰 가게야. 아니 난 핸드폰을 사줄 정도의 돈은 없어. 지금 가지고 있는 돈이 그 정도는 아니야. 그럼 은행이 저기에 있어. 저기서 돈을 뽑아. 아니, 난 돈이 많은 사람이 아니야. 난 다른 한국 여행자들하곤 달라. 난 스물셋이야. 학생이고. 난 쥐가 나오는 곳에서 잠을 자. 난 돈이 없어. 그러자 하누만은 울기 시작했다.

하누만은 계속 울었다. 모든 사람들이 우리를 쳐다보았다. 하누만은 말 그대로 길에 주저앉아서 울었다. 하누만은 길바닥을 구르면서 울었다. 핸드폰이 얼만데? 난 돈이 없어. 도대체 핸드폰이 얼마야? 그러자 하누만은 울면서 내게 60%의 돈만 내라고 했다. 난 그러겠다고 했다. 그건 열흘 치의 숙박 요금이었다. 하누만은 핸드폰을 샀고, 자기 집에 자길 내려달라고 했다. 하누만은 기분이 몹시 좋았고, 가면서도 내게 계속 말을 걸었다. 나는 아찔했다. 차라리 스쿠터 주인에게 키를 잃어버렸다고 말하고 열쇳값을 지불하는 게 더 싸지 않았을까? 게다가 이 열쇠는 딱 봐도 새로 만든 티가 나. 키링도 사라졌잖아? 키를 복제한 것 아니냐면서 화를 내면 어쩌지? 물어내라고 하면 어쩌지? 아니야. 좋게 생각하자. 숙소로 돌아갈 수 없었을지도 몰라. 아니야. 아직 저녁도 아니잖아. 지금이 몇 시지? 아직 저녁이 되려면 먼 것 같은데. 아닌가? 난 하누만을 죽이고 싶어. 이 애는 욕심이 너무 많아. 이 애에게 핸드폰을 사준 건 그렇게 나쁜 일이 아닐지도 몰라. 하지만 나는 하누만의 외모가 마음에 들지 않아. 하누만은 원숭이 영웅이 아니라, 세상에서 가장 욕심 많은 신(그게 무슨 신일까)의 형상을 하고 있어. 이렇게 어린데, 이렇게 욕심이 많다니. 그리고 인도 관광 가이드에서 읽었어. 호의를 베풀게 두면 몇 배로 갚아야 한다고. 그 부분을 읽으면서, 내게 그런 일이 일어날 거라고는 전혀 생각지 못했어. 그런 일이 일어났어. 이 일을 누군가에게 말하면 그 사람은 나를 불쌍하게 보는 게 아니라, 내가 호구니까, 나를 이용해도 좋다고 생각할 거야. 이 일은 절대로 누구에게도 말하지 말자. 이런 생각을 하는 동안 하누만은 기분이 좋았고, 내게 계속 한국 사람들과 자주 놀았다고 했다. 나는 믿지 않았다. 누가 너같이 핸드폰을 사달라고 하는 애랑 놀겠어. 넌 너무 욕심이 많아. 미안하지만 넌 귀엽지가 않아. 그런 생각으로 가득 찼지만, 하누만에겐 내색하지 않으려고 애를 썼다. 시원한 바람도, 영원히 끝날 것 같지 않았던 도로도, 얼굴에 맞아 죽는 날파리도 더는 지옥 같지 않았다. 나는 내 미래가 지옥 같았다. 나 같은 인간은 아마 평생을 누군가의 잇속에 속다가 처참하게 호구가 되어 죽겠지. 내 미래가 지옥이야. 얘를 집에 내려다 주고, 바로 숙소로 가야지. 가서 울어야지. 그렇게 하누만의 집에 도착했다.

하누만의 엄마가 우릴 맞이했다. 하누만과 하누만의 엄마는 차를 줄 테니 먹고 가라고 했다. 바로 집으로 가고 싶었지만, 나는 이 세상에서 가장 나약한 호구였다. 무언가를 거절할 수 있는 힘이 내게는 없었다. 나는 하누만의 집에 들어갔다. 하누만의 집은 내숙소보다 작았다. 부엌은 실외에 있었다. 벽엔 벽지같은 것이 발려 있지 않았고, 시멘트가 그대로 드러나 있었다. 하누만의 엄마는 영어를 할 줄 몰랐다. 하누만은 엄마를 내게 소개시켜주지도 않았고, 그냥 차를 빨리 가져오라고 닦달했다. 차가 나왔다. 하누만은 커다란 바구니를 하나 가지고 왔다. 거기에는 놀랍게도 수많은 전자기기들이 있었다. 아이팟, 아이리버, 이름 모를 메이커 MP3, 전자사전…… 이게 도대체 무슨 일이지. 하누만은 하나씩 꺼내어 내게 자랑을 했다. 내가 말했지? 내가 한국인들하고 친하다고. 이거 다 한국인 친구들이 주고 간 거야. 누나 형들이 주고 간 거야. 와 정말 대단하구나. 나는 어서 그 집을 탈출하고 싶었다.

다른 한국인들이 그 물건들을 왜 선물로 줬는지는 모른다. 하지만 나는 하누만을 쳐다보고 있는 하누만 엄마의 표정을 견딜 수 없었다. 하누만의 엄마는 허공에 시선을 두고 입에 미소를 머금고 있었다. 아들이 기특해서 웃고 있는 것일까? 알 수 없었다. 그녀는 우리 쪽을 쳐다보지도 않았다. 오로지 허공만 쳐다보고 있었다. 나는 얼른 차를 마셨다. 차는 미지근했다. 지옥에서 벗어나야 했다. 하누만은 내게 말했다. 내일 자기네 집에 놀러 오라고. 나는 생각해보겠다고 했다. 하누만은 내게 어떻게 다시 자기 집으로 찾아올 수 있는지 약도를 그려 알려주었다. 오겠냐 이 사악한 꼬맹아. 둘은 내게 손을 흔들었고, 나는 숙소로 돌아왔다 나는 울지 않았다. 나는 「펜은 심장의 지진계」를 퇴고했다. 고쳐도 고쳐도 나아지지 않았다. 그 시는 아직도 미완성이다. 미완성인 채로 시집에 실렸다. 함피에서 떠날 때까지 나는 더는 스쿠터를 타고 여행하지 않았다. 혹시 열쇠를 새로 만든 것을 들킬 것 같아서, 스쿠터를 돌려주면서는 오히려 화를 냈다. 계속 멈추고, 기름 게이지는 고장 났고, 열쇠가 빠진다고 말하면서. 그럼 왜 빨리 반환하지 않았느냐고 묻길래, 됐다고 하고 자리를 떴다. 나는 빨리 도망쳤다.

　선물을 줘야만 할 거야. 선물을. 그 애는 빚을 갚아야 한다고 말하지 않았다. 그래서 나는 그 지옥이 마음에 들었다. 날파리가 얼굴에 부딪히고, 덥고, 시원하고, 추웠다. 나는 그 애에게 무엇이든 줄 생각이었다. 도착하기만 한다면.

자살한 자들의
지옥

기독교식 자살한 자들의 지옥, 그러니까 제7층 지옥인 폭력 지옥의 제2원, 자살자의 숲을 처음 알게 된 것은 어느 영화에서였다. 나는 그 영화를 대학교 강의에서 보았다. 영화를 보는 수업이었던가? 기억이 잘 나지 않는다. 그 수업은 내가 수강하던 강의가 아니었던 것 같다. 난 아마 친구랑 점심을 먹기 위해서 친구가 듣고 있는 수업이 끝날 때까지 기다리고 있었다. 그런데 너무 오래 기다려야만 할 것 같았고, 몰래 그 강의실에 들어가서 청강을 했던 것 같다. 그래서 나는 그 영화의 앞부분을 보지 못했다. 중간 부분도 보지 못했다. 오직 후반부만 보았다. 그 영화의 끝에는 자살자의 숲이 등장했고, 거긴 너무 멋진 곳이었다. 주인공 여자는 자기가 혁명을 위해 자살하면 자살한 자들의 지옥에 가게 될 것이라고 생각하여 슬퍼했지만, 막상 가보니 사람들이 행복하게 비치발리볼 같은 것을 하며 숲에서 해변에서 피크닉을 즐기고 있었던 것이다. 영화가 끝난 뒤에 강사가 말했다. 원래 자살자의 숲은 자살한 자들이 가서 나무가 되는 곳이라고. 나무가 되어서 영원히 움직이지 못한다고. 그러나 이 영화는 다르게 표현했다고. 아, 어쩌면 나는 그 수업을 청강했던 게 아니었을지도 모른다. 그건 내가 신청한 강의였고, 그냥 내가 그 영화의 초중반부에 졸았던 것일지도. 아니면 엄청나게 지각해서 후반부만 보게 되었는지도 모르겠다. 문제는 내가 그 영화의 제목을 모른다는 것이다. 나는 이 글을 쓰기 위해서 그 영화의 제목을 알아내기를 너무나도 원하였는데, 아무리 검색하고 사람들에게 도움을 요청해도 찾을 수 없었다. 어긋난 상태로 몇 날 며칠을 괴로워했다. 그냥 그 영화의 제목을 찾을 때까지 이 글을 쓰지 말아야 하나? 극단적인 생각도 했다.

대학 1학년 때 나는 윤영선이라는 교수를 좋아하였다. 그는 연출과 선생이었고, 극작도 하는 사람이었다. 그의 대표작 중 하나는 〈나무는 신발 가게를 찾아가지 않는다〉였고, 그는 막걸리를 매우 좋아했으며, 항상 죽으면 나무가 되고 싶다고 말했다. 등산도 좋아했다.

나무를 정말로 좋아했다. 암 투병 중이었으며, 어느 날은 술자리에서 술을 마시지 않았다. 암 투병 중에도 새벽 4시까지 학생들과 자신의 교수실에서 막걸리를 마시던 사람이었다. 그러니 투병했다고 말하기는 어려울지도 모른다. 애초에 암과 싸우기를 원하지 않았을지도 모른다. 어쨌든 종강 파티에서 선생님은 맥주 한 모금도 마시지 않았다. 몸이 아파서 그런다고 하셨다. 방학 중에 돌아가셨다. 〈나무는 신발 가게를 찾아가지 않는다〉는 아직도 종종 공연되고 있다. 그가 처음 내 앞에서 죽으면 나무가 되고 싶다고 말했을 때, 나는 "당연히 나무가 되면 좋지, 나무는…… 어쩐지 좋은 존재니까……" 그렇게 생각하면서도, 선생님이 나무가 되지 않았으면 좋겠다고 생각했다, 의식적으로 그렇게 바랐던 건 아니었다. 반감이 가슴 깊은 곳에서 저절로 튀어나왔다. 형언할 수 없는 적의였다. 나는 내가 왜 그렇게 선생님이 나무가 되는 걸 싫어하는지 이해할 수 없었다. 난 그냥……이유 없이 나무가 싫었다. 선생님이 죽고, 자살자의 숲에 대해서 알게 되었다. 그리고 나는 아리스토텔레스가 자연의 사다리라는 개념을 통해 자연의 모든 물체를 계급화했다는 사실을 알게 되었다. 나는 그가 식물을 동물보다 아래에 둔 것을 알았다. 아리스토텔레스가 윤영선의 학생이었다면, 내가 아리스토텔레스라면……. 이유 모를 적의가 어디서 비롯된 것인지 알 수 있었겠지. 나무는 식물이니까. 그래서 그냥 선생님이 나무보다는 거북이가 되었으면 좋겠다. 내가 아리스토텔레스라면 아마 그렇게 생각했을 것이다. 하지만 내가 아리스토텔레스였어도, 나무가 되지 말라는 말을 선생님 면전에 꺼내지는 못했을 것이다. 나는 그가 죽고 나서야 꿈에서 그를 만났고, 그제야 제발 나무가 되지 말라고 부탁했다.

자살자의 숲은 이상한 지옥이다. 자살한 자들은 자신의 육체를 파괴한 죄로 그 지옥에 갇힌다. 기독교 근본주의자들은 최후의 심판 이후, 육신을 버린 사람들이나 육체가 심하게 훼손된(예컨대 불에 탄)

자들에게는 구원이 약속되지 않는다고 생각했다. 이런 사고방식은 믿음이라고 보기가 어렵다. 믿음은 확신이 아니라, 이해할 수 없는 것에 닿고자 하는 영원한 노력이니까. 그러니 육체가 엉망이 된 인간들은 최후의 심판에서 구원받지 못할 거라는 망상은, 하느님의 법을 이해했거나 터득했다고 자만하는 자들만이 내릴 수 있는 판단이다.

나는 주술을 좋아하니깐, 그래서 근본주의자들의 세속화되지 않은 멍청하고 주술적인 사고방식이 매력적이라고 생각한다. 하지만 주술은 주술이다. 단테도 『신곡』 지옥편에서 자살자의 숲을 다뤘다. 그 빽빽한 숲에서, 나무가 된 자살자들은 입도 없고 발도 없이 가만히 존재한다. 가끔 새 모양의 괴물들(하피)이 와서 나무를 쪼아대는데, 그러면 상처가 나고, 잠깐 그 상처가 입이 되어 뭔가를 말할 수 있다. 평소에는 단테처럼 지옥에 방문해서 들어주는 사람이 없으므로, 신음 소리를 내기만 하는 모양이다. 나는 처음 자살자의 숲에 도착한 단테가 아무 생각 없이 걷다가 나뭇가지를 부러뜨리는 장면을 아주 좋아한다. 그는 나무가 인간인지 모르고 꺾은 것이다. 가지가 꺾인 나무(자살자)는 생체기를 통해 이렇게 말한다. "왜 나를 겪는 거지?" 단테는 사람인지 몰랐다며 사과한다. 하지만 그는 사람이 아니다.

　나는 괴로워서 죽은 사람들이 나무가 되지 않았으면 좋겠다. 나무가 되면 편해지는지 확신할 수 없으니까. 자살을 선택한 사람들이 나무가 되지 않았으면 좋겠다. 나는 윤영선이 나무가 되지 않았으면 좋겠다. 나는 나무를 좋아하는 사람들이 나무가 되는 것이 아니라 나무를 좋아하는 사람으로 남는 게, 숲을 보호할 수 있는 자원봉사자나 관리인이 되는 게 더 좋을 거라고 생각한다. 물론 이 생각도 윤영선에게는 말할 수 없다. 윤영선은 여기에 없기 때문이다.

　아리스토텔레스의 이름 뜻은 "가장 좋은 목표"이고, 단테의 이름은 "날개 달린 사람"을 의미하며, 자살자의 숲을 관리하는 자원봉사자는 "윤영선"일 수도 있겠다. 그렇게 생각하면서 나는 「가장 좋은 목표」라는 시를 썼다. 그 시에는 "가장 좋은 목표"라는 사람이 나온다.

　그는 죽은 자신의 선생이 나무가 되지 않기를 바란다. 그러나 정작 저 자신이 죽어서 나무가 된다. 그리고 아무도 가지를 부러뜨리지 않고, 새 괴물이 쪼아대지 않을 때에도, 가장 좋은 목표는 고통에 신음

하며 선생님을 그리워한다. 왜냐하면 나무의 뿌리들이 땅 밑에서 서로를 옥죄며 뻗어나가고, 거기에 생채기가 생기기 때문이다. 상처를 입으로 삼아, 나무들은 아래에서 소리 지른다. 지옥 숲에 놀러 온 "날개 달린 순례자"는 땅속에서 울리는 소리를 종이에 쓴다. 그러다 이내 마음을 바꿔, 쓴 것을 지운다. 왜 지웠을까? 그딴 지옥은, 사람이 나무가 되는 지옥이 나오는 시는, 쓰지 말았어야 한다.

가장 좋은 목표

1
세상에서 나무가 가장 착하다 세상에서
나무가 가장 좋다고

선생님이 그러셨다 죽어서
나무가 되고 싶다고

선생의 가족들이 선생을 묻고 있었다. 신성한 나
무 앞에 구멍을 파고, 시체를 넣은 다음 꾹꾹 밟고서
선생의 손자들은 선생이 벌써 나무로 변했다고 생각
한 걸까? 다 밟고
뿌듯하게,
사람들이 커다란 나무줄기를 양팔로 안아볼 때
선생님 제발

선생님,

나무가 되지 마세요. 가장 좋은 목표는 소망하
였다.

2
자살한 자들이 죽어, 나무로 변한다는 지옥은 책
에서 읽은 지옥이다. 선생은 늙어 죽은 것이었지만,
가장 좋은 목표가 매일 아침 산보하는 산책로에
는 선생이 묻혀 있는 고목 한 그루.
인간의 의지는 자유로워서 당신은 나무 밑에 잠
들었지만

가장 좋은 목표가 있는 힘껏 발로 찰 때에
소리를 내는 것은 마찰이었다.

이보세요. 나무를 차지 마세요. 공원의 관리인이
고함을 쳤다. 언어라고 볼 수 없이, 체계가 없이.

나무 위에 앉아 있던
새가 울었다.

나무가 있는 곳에 새가 있어서 지옥에도 새가 있
다. 책에 따르면. 거기에 있는 것은 여기에 있다. 책에
는 없는 것이 여기에 있다.

3
이 나무가 가장 좋은 목표입니까? 맞습니다.
이 나무가 그 아입니다.

팔 대신 날개 달린 어떤 남자가 지옥숲의 관리인
과 돌아다녔다. 나무가 가장 좋아
　　죽었을 때에 관리직을 자청했던 어떤 인간과
　　가지를 솎아주러 돌아다녔다.

　　변명을 시작하렴. 절단면으로, 생채기가 입이란
다 말을 쏟으렴.

　　이 분은 들어주러 오신 거란다.

　　그러나 그 나무는 침묵하면서, 뿌리들의 의지는
자유로워서. 땅 밑에서 뿌리들은 서로 옥죄며,
　　피와 말을 이미 쏟고 있는 것이다. 어둠 속의 뿌
리들이 뻗어나가며. 서로에게 생채기를 새길 때 제발.

선생님.

선생님, 어디계세요? 선생님, 제 생각이 맞았습니다. 선생님, 제 생각이 틀렸습니다.
새처럼 지저귀고 있는 것이다.

이보세요. 나무를 차지 마세요. 지옥숲의 관리인이 고함을 쳤다. 세상에서 나무가 가장 착하다. 세상에서 나무가 가장 좋아서. 관리인이 가꾼 숲은 광활하여서. 날개 달린 순례자는 땅이 울리는 것을 느꼈다. 책에 써야지. 땅속에서 새소리가 들렸다. 종이에 쓰고 보니 불필요했다. 그래서 지웠다.

다음으로

어떤 이야기가 있다. 이 이야기에선 죽으면 지옥에 간다. 지옥에서 또 죽으면 다음 지옥으로 간다. 거기서 다시 죽으면 또 다음 지옥으로 간다. 그렇게 계속 다음 지옥으로 간다. 지옥은 죽기 전의 세계와 별다를 게 없다. 지옥은 항상 두 왕국이 싸우고 있는 대륙이다. 그 이야기에서는 늙어서 죽는 일이 별로 없다. 늘 전쟁 중이다. 의학도 과학도 쓸모가 없다시피 해서 애들도 많이 죽는다. 소년병으로 죽고, 전염병으로 죽고. 죽으면 죽을 때의 외양과 나이를 유지한 채로 다음으로 간다. 할머니는 거기서도 할머니고, 애들은 거기서도 애들이다.

사람들은 거기에서도 전쟁 중이고, 거기서도 병을 치료할 방법이 없고. 다들 얼마간 살다가 또 다음 지옥으로 간다. 한 남매가 있다. 오빠가 먼저 죽었다. 동생도 곧 죽었다. 하지만 오빠는 다음 땅에서도 또 죽었고…… 그렇게 동생은 오빠를 만나지 못한다. 둘은 계속 곧잘 죽지만, 계속 서로 만나지 못하고 어긋난다. 스스로 목숨을 끊으면 먼저 간 사람을 만날 수 있지 않을까? 하지만 자살은 할 수 없다. 이 이야기는 16세기(이건 확실하지 않다) 유럽 아이들을 위한 것이다. 종교적, 교육적 측면에서, 자살을 언급하는 일은 허용되지 않는다. 전쟁에 대해서 조금만 더 말해볼까. 두 왕국에 대해서. 언제나 두 왕국이 있다. 하지만 지옥마다 두 왕국의 명칭은 매번 다르다. 제1 지옥에서 길베스틴과 트루아그였다면, 제2 지옥에서는 크로난츠와 프롬버그다. 제3 지옥에서도 명칭은 다르다. 하지만 전쟁터에서 만나는 사람들은 대부분 이전에도 싸워봤던 사람들이고, 편도 거의 바뀌지 않는다.

지옥마다 달라지는 것에 대해서 얘기해볼까. 동식물이 조금씩 다르다. 어떤 지옥에는 뿔 달린 토끼가 산다. 제2 지옥에는 일각수 토끼가 살고, 제5 지옥에서는 작고 뭉툭한 뿔이 세 개 달린 토끼가 산다. 제1 지옥에서 동생이 오빠를 그리워하는 마음은 간절함이고, 제2 지옥에서는 슬픔이고, 제6 지옥에서는 좌절감이다. 제7 지옥에서는 남매가 잠시 만난다. 이 이야기는 끝나지 않는다. 동생의 이름은 아멜이다. 오빠의 이름은 카이다. 아멜은 지옥에 도착해서 카이를 찾는다. 카이는 전쟁 영웅이다. 공을 세우고 죽었다. 사람들은 그를 찬미한다. 아멜은 그의 동생이기 때문에 항상 사람들의 기대를 받는다. 아멜은 늘상 카이와 비교를 당한다. 아멜은 매번 기대를 뛰어넘어야 한다. 아멜은 증명한다. 아멜은 제4 지옥에서 전설의 약초를 찾아낸다. 이 약초 때문에 이제 사람들은 몇몇 난치병을 치료할 수 있게 된다. 아멜은 증명한다. 아멜은 용감히 싸우다가 죽는다. 다음 세계에 자신을 증명하러 간다.

　　아멜은 어떤 지옥에서 노인이 되었다. 이 이야기에서는 노인이 전쟁에 참전할 수 없고, 그러면 빨리 죽을 수가 없고, 그러면 카이를 따라잡을 수 없다. 그래서 이 이야기엔 설정이 추가된다. 이제 죽을 때마다 젊어진다. 60살에 죽으면 다음 지옥에서는 30살이 된다. 그러면 계속 전쟁을 할 수 있고, 용감할 수 있다. 아멜은 가끔 결혼도 하고 아이도 낳는다. 가끔은 다음 지옥에서 자식들을 만나기도 한다. 손주를 만나기도 한다. 만나면 너무나도 기쁘다. 하지만 카이를 만나는 것이 아멜의 소원이기 때문에 이야기는 계속된다. 아멜은 어느 지옥에서 카이를 만난다. 이름도 카이이고 생긴 것도 카이다. 하지만 아멜은 곧 그 소년이 카이가 아니라 카이의 손주라는 것을 알게 된다.

이 이야기의 교훈은 항상 용감하고 씩씩하자는 것이다. 이 이야기의 교훈은 신실하자는 것이고, 전쟁이 일어나면 하여튼 한쪽이 나쁜 쪽이라는 것이다. 하지만 그렇게 보기에는 또 각자의 사정이 존재하고, 가문은 내세에서도 유지할 가치가 있는 것이며, 왕이 되면 좋고, 병은 무자비하고, 계급도 귀천도 쓸모없는 것이며, 모험은 멋진 것이고, 세계엔 아름답고 신비한 것들이 숨겨져 있다. 사랑하자. 사랑이 전부는 아니다. 혁명은 좋은 것이며, 다음 지옥이 있다고 하더라도 지금 지옥에서의 삶을 소중하게 여겨야 한다. 죽음은 무서운 것이며, 너무 무서워할 필요가 없기도 하다. 그러나 이 끝나지 않는 이야기의 가장 확고한 교훈은 인생이 짧다는 것이다. 인생은 짧다. 그러니 용감하고 씩씩하게. 자살은 생각하지도 말고.

카이의 손주와 산책하면서, 진짜 카이를 만날 날을 고대하도록 하자. 인생은 짧다. 살면서 몇 번이나 더 꽉 찬 보름달을 만날 수 있겠는가? 곧 전쟁터에 가야 한다. 언젠가 아멜은 카이를 만나 늙을 것이다. 인생은 짧다.

하얀 방

하얀 방은 어쩌면 연옥인 것 같다. 그리고 어쩌면 연옥이 지옥보다 더 지옥인 것도 같다.

대부분의 종교에서 지옥은 기다리는 곳이 아니다. 지옥은 영원히 고통받는 곳이다. 그러나 종교에서의(특히 기독교에서) 연옥은 죄를 정화하는 곳이며, 언젠가는 천국으로 들어갈 것이라는 믿음이 존재하는 곳이다. 그러니까 거긴 기다리는 곳이다. 종교인들은 연옥에서 거의 영원에 가까울 만큼 오래 기다려야만 할 것이다. 내겐 영원보다, 영원에 가까운 기다림이 더 괴롭게 여겨진다. 다들 기다리는 것을 힘들어하니까. 그래서 참을성이 없는 사람들에게 연옥은 지옥보다 더 지옥처럼 여겨질 것이다. 나도 참을성이 없는 사람이다. 그래서 나는 연옥이 너무 무섭다. 하지만 나는 잘 기다리는 사람이다. 특히 혼자서 누군가를, 무언가를, 약속 시간을 기다리는 것을 잘한다. 혼자 있는 것을 좋아한다고 말해본 적도, 생각해본 적도 없다. 정말로 없었나? 거의 없었다. 나는 살면서 그 누구에게도 외롭다고 말해본 적이 없다.

이건 정말이다. 그래서 난 종종 내가 이상한 건지 사람들이 이상한 건지 헷갈리곤 했다. 너무 많은 사람들이 자신의 외로움을 내게 토로했기 때문이다. 그들은 힘들다고 했다. 아마 수많은 사람들이 내게 화를 낸 것은, 내가 그들을 외롭게 했기 때문일 것이다. 나는 항상 약속에 늦는 사람이니까. 그 사람들은 나를 기다리면서 외로웠고, 그게 힘들었던 것이다. 하지만 내겐 기다리는 일도, 외로움도 그렇게 괴로운 일은 아니니까. 그래서 그렇게나 사람들을 매번 기다리게 했던 것이다. 변명이 되지 않음은 잘 알고 있다. 그냥 그렇다는 거다.

살았던 집이나 보냈던 곳의 벽은 항상 흰색이었

다. 도배지도 흰색이었고, 페인트도 흰색이었다. 난 항상 하얀 방에 있었다. 하얀 형광등 아래 있었다. 하얀 스탠드 불빛 아래 있었다. 끝나지 않으면 어떻게 하지? 누구나 죽고, 누구나 이별한다. 그게 얼마나 슬픈 일인지 충분히 알고 있다. 더 알고 싶지도 않다. 더는 헤어지고 싶지 않고, 더는 어른이 되고 싶지 않다. 더는 이별의 슬픔을 양분으로 삶과 죽음을 대하는 내 태도를 성숙한 것으로 만들어나가고 싶지 않다. 그런데도 나는 종종 하얀 방에서, 갑자기 스스로에게 질문하곤 했다. 끝나지 않으면 어떻게 하지? 삶이 영원에 가까우면 어쩌지? 뭘 어쩌겠는가……. 김창완의 〈앞집에 이사 온 아이〉라는 노래를 좋아한다. 가사는 다음과 같다.

"앞집에 이사 온 세 살쯤 돼 보이는 어린아이/누가 묶어줬는지 머리엔 고무줄을 질끈 묶고/아직은 낯선지 골목을 벗어나질 않고 노네/친구가 없는지 혼자서 하루 종일 놀고 있네/앞집에 이사 온 속눈썹이 유난히 긴 어린아이/누가 채워줬는지 손목엔 플라스틱 팔찔 끼고/나도 처음 듣는 이상한 노래 중얼대며 노네/누가 지나가면 보지도 않고 길을 비켜주네"

나는 내가 앞집에 이사 온 아이인 것 같다. 사기

가 누군지 별로 중요하지 않은 어린아이. 외로움이 뭔지도 모르고 혼자서 잘 노는 어린아이. 가끔 외롭더라도 그걸 외로움이라고 부를 줄 모르는, 아직 말을 배우고 있는, 이상한 노래하는 기계. 그러니까 어쩌면 나는 외로움을 너무 잘 아는 것일지도 모른다. 너무 잘 알아서 무섭지 않은 것인지도 모른다. 그렇게 자만하는 사람에게 하얀 방이 찾아오는 것이다. 그곳은 연옥이고, 1인용 하얀 방이다. 우리는 거기서 영원에 가까운 시간을 보낸다. 거기엔 책상이 있다. 책상은 구름처럼 부드럽다. 책상이 있으니 의자가 있고, 의자는 구름처럼 가볍다. 천장은 높고, 틈도 없는 방에 차가운 바람이 계속 들어오고, 내 손과 발은 베개처럼 푹신푹신할 것이다. 나는 외로움을 너무 잘 아는 사람이고, 사람들이 외로워서 괴롭다고 말하면 의아했던 사람이다. 그들이 나와 같다면.

그들이 나처럼 외로움의 전문가라면. 차가운 계단이나 벤치에 앉아 하염없이 누군가를 기다리더라도, 친밀한 누군가가 아주 멀리 있더라도, 전혀 슬프거나 무섭지 않을 거야. 모두가 나와 같다면. 전쟁도 없을 거야. 외로움이 스스로를 괴롭히지 않는다면. 모두가 시를 쓴다면. 이상한 노래를 부르며 호젓하게 걸어나간다면. 그러나 나는 연옥에 있다. 누구와도 헤어지지 못하는 곳에. 더 끔찍하게 말해볼까. 나는 하얀 방음벽으로 둘러싸인 곳, 비명을 질러도 벽이 소리를 전부 흡수하는 방에 있다. 연옥엔 음악이 존재하지 않는다. 그곳의 관리자가 잔인한 존재라면, 관리자는 우리의 영혼에서 기도라는 단어를 지웠을 것이다. 그리하여 기도라는 것을 발명하기까지. 나는 시를 쓸 것이다.

다들 잘 지내고 있니. 시를 쓰면 외로워도 괜찮단다. 시를 쓰면…… 그렇게 무한한 시간 속에서 영원히 이상한 시를 쓰다가, 말을 지어내다가, 기도를 발명하게 될지도 모를 일이다. 그러면 좀 나을 것이다. 영원에 가까운 시간 동안 기도를 한다면 말이다. 여기서 나가게 해주세요. 다시 자만하게 해주세요.

시를 쓰는 일을 특별한 것으로 여길 수 있도록. 외로워서 괴로운 사람들과 만나게 해주세요.

엎질러진 물들

내가 거짓말을 싫어하나? 모르겠다. 거짓을 들키지 않으려고 수작을 부리는 건 싫다. 능숙한 거짓말이 싫다. 들키기 쉬운 거짓말은 좋다. 거짓말을 들통내는 생리현상이나 제스처들이 마음에 든다. 그래서 어린애들은 대부분 좋다. 동요를 부르는 애들 말고. 지금 나는 카페인데, 한 남자가 딸을 데려와서 쿠키를 샀다. 아직 포장을 뜯지도 않았는데, 딸애의 몸이 쿠키 쪽으로 계속 기울어져 있다. 고양이가 좋다. 다른 고양이들은 감추지도 못하면서 뭘 자꾸 감추려고 한다. 나랑 같이 사는 고양이는 애초에 뭘 감출 생각이 없는 것 같다. 나는 내가 좋다. 소파에 앉아서 기억을 틀어서 쭉 본다. 얼마나 많은 것을 들켰는지. 그래서 부끄러웠는지. 스무 살에 이런 일도 있었다. 술에 취해서 좋아하는 사람의 음성사서함에 노래를 녹음하려고 했는데 계속 마음에 안 들어서 다시 녹음하고, 다시 녹음하고, 그렇게 30분을 녹음했는데, 나중에 보니까 당시 음성사서함은 메시지를 지우고 다시 녹음하는 기능이 없었던 거다. 다시 녹음하시겠습니까? 다시 녹음하시겠습니까? 그래서 다시 녹음해도 그전에 녹음한 음성은 하나도 안 지워지고, 각기 다른 메시지가 수십 통 남겨졌던 거다. 그때 내가 구애했던 그 사람이 그날 새벽에 알려줘서 바로 알았다. 날 받아주지 않았던 그 사람…… 크게 낙심하고 부끄러웠던 것 같은데. 이상하게 수치심에 몸서리를 쳤던 느낌은 거의 다 날아가고. 다음 날 일어나서, 어쩔 수 없지…… 엎질러진 물이다. 그렇게 초연한 마음으로, 뭘 어떻게 만회하겠다는 생각도 없이. 그냥 퍼질러져서 잠이나 온종일 푹 잤던 일요일이 있었다. 난 정말 많은 것을 들켰다. 뭘 들키지 않은 적이 있었나 싶다. 없다. 한번은 씨발이라는 말을 처음 알게 되어서, 초등학교에서 하교한 뒤 종이에다가 씨발이라고 썼다. 내가 종이에 씨발을 썼다는 사실을 들킬 것 같아 무서웠다. 그래서 서랍장 뒤에, 틈새에 종이를 숨겼다. 3개월 후엔가 그 집에서 이사를 갔는데 그 종이를 거기 넣은 걸 들켰다.

혼나진 않았다. 살면서 가끔은 혼나지 않을 때도 있었다.

아름다움

사람들은 대단한 사람이나 대단한 예술이 아니라, 아름다운 것을 좋아하는 것 같다. 내 생각에 아름다움이란 엄청나게 멋진 게 아니라, 아주 조금 좋은 것에 불과하다. 이게 무슨 미친 소리인가. 아주 조금 좋은 것을 싫어하는 건 아니다. 아주 조금 좋은 것을 만나기 위해 여행을 떠나는 것도 싫지 않다. 하지만 여행의 대단원에서 아주 조금 좋은 것을 만났을 때의 기분은 그야말로 끔찍하다. 옆에 낭만적인 사람이 있다면 더더욱 끔찍할 것이다. 그러나 대부분의 사람들은 낭만적이고, 나를 슬프게 한다. 그들은 아름다운 것을 좋아한다.

겨울이었다. 나는 고등학생이었고, 부모님은 내가 시를 쓰는 것을 알고 있었다. 우리는 차를 타고 산간 도로를 달렸다. 겨울나무들이 있었다. 장관이었다. 부모님이 내게 말했다. 시가 떠오르지 않니? 시를 읊어봐라. 백일장은 경치가 좋은 야외에서 열렸다. 이 아름다운 풍경에서 영감을 얻으세요. 여행에서 만난 사람이 부러워했다. 시인이라 좋겠어요. 이 모든 걸 시로 쓸 수 있으니까…… 실로 많은 사람들이 내게 아름다움이나 장엄함에 대한 시를 써보라고 권유하거나 명령했다. 난 정말 이해심이 많은 사람이라서, 그들의 조금은 무리한 부탁에도 불쾌감을 느끼지는 않았다. 사람들은 그저 내게 말을 걸고 싶었거나, 내 직업을 조금이나마 이해하고 있다는 제스처를 내비치고 싶었거나, 아니면 내가 갑자기 머리에 총이라도 맞아서 시라는 게 세상에 존재한다는 사실을 까먹었을지도 모른다는 불안감에 휩싸였을 것이다. 그래서 알려줘야만 했던 거다. 이거라고. 이걸 써야 한다고. 하지만 결국 내가 쓰게 된 건 아름다운 장면에 대한 시가 아니라, 풍경에 호들갑을 떠는 인간들이 등장하는 시였다.

왜 아름다운 광경이나 장면이 나오는 시나 묘사를 쓰지 않느냐고 누가 물었다. 아니 막 그렇게 크고 숭고한 게 아니더라도, 아름다운 외모나 옷차림이라도 묘사할 수 있지 않겠느냐고. 어째서 장식적인 비유를 사용하는 것을 두려워하느냐고 누가 물었다. 자꾸만 물었다.

그래서 나는 누가 묻지 않아도 알아서 실토하게 되었다. 나는 아름다움에 대해서는 거의 쓰지 않습니다. 왜냐하면…… 내가 아름다움을 잘 모르기 때문입니다. 아예 모르는 것은 아닙니다. 알기는 알아요. 잘 모른다는 거죠. 그러니까 이런 거죠. 세계에서 가장 아름다운 길 중에 하나라는 고산지대 산간 도로를 여행한 적이 있어요. 누가 정했는지 모르겠지만 세계 3대 경관이라고 하더군요. 요전 날에 저는 작은 마을의 멍청한 미용실에서 드레드록스 스타일로 머리를 땋았습니다. 가격이 엄청나게 쌌거든요. 당시 제 머리가 상당히 길었는데, 한국 돈으로 3만 원 정도 했습니다. 굉장히 오래 걸렸는데. 땋아주는 아저씨가 계속 머리에 뭘 바르는 겁니다. 뭘 바르냐고 하니까 헤어본드래요. 그런 게 있나? 주의 깊게 살펴보니까 그냥 순간접착제였어요. 내 머리를 꼬아서 거기 순간접착제를 바르고 있는 거였죠. 이미 3분의 1쯤 꼬았을 때 그걸 발견했어요. 난 뭐든 조금 재밌게 받아들일 수 있는 사람이거든요.

머리에 순간접착제가 발린 사람이 되는 것은 한 번도 상상해본 적 없는 일이니까. 그래서 그냥 웃었어요. 돈도 그냥 냈어요. 3만 원이니까. 이발소를 나서자 그 동네 사람들이 나에게 몰려들어 같이 사진을 찍자고 하더군요. 일곱 번 찍어줬어요. 내 머리는 딱딱했고, 여러 줄기였고, 고양이 똥 같았고, 전부 제멋대로 꼿꼿하게 서 있었고, 완전히 메두사였고, 어떤 남자가 다가와서 자지러지게 웃었어요. 만져봐도 되겠냐고 물었어요. 그러라고 했어요. 그는 내게 대마? 대마? 마리화나? 속삭였어요. 그다음 날 새벽에 세계에서 가장 아름답다는 고산지대로 출발이었는데, 22시간 동안 지프차에 실려서 비포장도로를 견뎌야 했는데, 잠을 잘 수가 없었어요. 딱딱한 머리 줄기 때문에, 베개에 머리를 눕힐 수가 없었어요. 새벽이 되었고, 차에 타서 바로 알았죠. 난 끝났다. 난 끝났어요. 난 어디에도 머리를 기댈 수가 없었고, 차는 미친 듯이 흔들렸어요. 다들 배낭을 쿠션 삼아서 잠을 청했는데. 나 그

릴 수가 없었어요. 그렇게 일곱 시간 동안 그냥 죽어
버리고 싶었어요. 아무 곳에나 내려달라고 해서 절벽
에서 뛰어내리고 싶었어요. 이제 곧 세상에서 가장 아
름다운 길에 들어갈 것이었고, 검문소에 도착했어요.
주와 주 사이의 경계에서 여권 검사를 하는 곳이었죠.
군인들이 있었고 경비가 삼엄했어요. 난 차에서 내려
서 딱 하나 있는 컨테이너 사무실로 뛰어 들어갔어요.

무서운 장교가 있었어요. 그 사람에게 외쳤어요.
가위를 주세요. 가위를요. 내 머리를 잘라야 해요. 그
는 메두사 머리를 한 미친 사람에게는 가위를 줄 수
없다고 했어요. 특히나 여기서 가위는 무기로 사용될
여지가 있다고, 내게 가위를 줄 수는 없다고 했어요.
난 머리를 자를 수 없었어요. 우리는 세상에서 가장
아름다운 곳으로 들어갔어요. 운전사가 알려줬어요.

여깁니다. 세상에서 가장 높고, 아름답고, 대단
한 길…… 중에 하나. 그러나 아무도 감탄하지 않았
어요. 그 어떤 차창도 꽉 닫히지 않았고, 흙먼지가 계
속 들어와서 비강을 새까맣게 만들었고, 무엇보다 쌀
쌀했고. 산소도 뭔가 좀 희박한 것 같고. 가장 괴로운
건, 세상에서 가장 아름답다는 그 비포장도로를 앞으
로 15시간 이상 달려야 한다는 사실이었죠. 그치만

정말로 거대하고, 숭고했고, 아름다웠습니다. 하지만 나는 그랬습니다. 아, 이게 바로 사람들이 아름답다고 하는, 대단하다고 하는, 장관이라고 하는 바로 그런 풍경이구나. 알겠다. 왜 그렇게 느끼는지 알겠다. 하지만 왜 그렇게 느끼는지 알겠다는 '생각'은 '느낌'이 아니었습니다. 나는 아름다움을 느끼는 대신에 이해하려고 애쓰는 자신을 발견했고, 수긍하는 자신을 발견했습니다. 여러 번 이해하고 수긍하고 나서도 풍경은 마치 정지한 것처럼, 좀처럼 변하지 않았습니다. 밤하늘을 너무 오래 쳐다보아서 눈이 멀어버린 사람처럼. 나는 이제 이해도 수긍도 할 수 없었고, 쪽잠을 잘 수도 없었고, 위아래로 흔들리면서 다른 사람들이 뭘 하고 있는지 쳐다보며 시간을 보낼 뿐이었습니다. 아무도 낭만적이지 않았습니다. 그 사실이 내게 힘이 되었습니다. 그제야 나는 내가 지옥을 좋아한다는 것을 다시 깨달았습니다.

지옥에서는 아무도 낭만적이지 않구나. 아무도 사진을 찍지 않는구나. 아무도 내게 시를 써보라고 하지 않았습니다. 누구도 아름다움을 표현하지 않았습니다. 다들 알고는 있었던 것 같습니다. 왜 누군가가 이곳을 세상에서 가장 아름다운 곳으로 선정했는지. 하지만 지친 사람들에게도, 운전수에게도, 아름다움은 이해되는 것이지 느껴지는 것이 아니었습니다. 이해와 느낌을 어떻게 구분할 수 있느냐고 누가 따진다면. 그렇다면…… 이렇게 말해볼게요.

세계에서 가장 아름다운 곳의 아름다움이 어떤 작용이라면, 우리는 거기에 답하거나 반응할 의무도, 힘도, 의지도 없는 것 같았습니다. 그 사실이 나를 안심시켰습니다. 나는 내가 이상한 것이 아니라는 걸 알았습니다. 난 이상한 사람이 아닙니다. 난 아름다운 것으로 시를 쓸 수 없는 사람이고, 그래도 괜찮습니다. 나에겐 반작용의 의무가 없습니다. 물론 나는 고개를 끄덕입니다. 나는 이해합니다. 왜 사람들이 내게 찬미할 의무를 운운하는지도, 여기가 바로 남해 금산이라며 갑자기 노래를 부르기 시작하는지도. 나는 이해합니다. 하지만 이해하는 일에는 치명적인 단점이 있습니다. 바로 이해에는 끝이 없다는 사실입니다. 나는 이해합니다. 하지만 끝나지 않았어요. 이해하는 일이 끝나면 아름다움에 대해 쓰겠습니다. 아름다움을 묘사하겠습니다. 차에서 내려서 목적지에 도착했습니다. 새벽이었습니다. 나는 미리 예약한 숙소로 갔고, 숙소에 딸린 작은 식당에서 아침 장사를 준

비하는 것을 보았습니다. 나는 간절하게 부탁했습니다. 가위를 주세요. 머리를 잘라야 합니다. 나는 뭉툭한 가위로 머리를 잘랐습니다. 녹슨 가위가 잘 들지 않아서, 거의 찢어내야만 했습니다. 너무 아파서 눈에 물이 고였습니다. 거울도 없이, 나는 내 머리에 난 것들을, 딱딱한 것들의 밑둥을 찢었습니다. 다 잘라냈지만 시원하지 않았습니다. 이제 누울 수 있었습니다. 나는 아주 조금만 잤습니다. 다음 날 아주 아름다운 호수를 관광해야만 했기 때문에.

나는 한평생 사람들로부터 이상한 사람이라는 평가를 듣고 살았다. 그래서 나는 내가 보기에 이상한 사람들과 친구가 되고자 했던 것 같다. 내가 사랑했던 친구들의 공통점은 욕을 잘한다는 것이었다. 욕설이 아니라 박한 평가 말이다. 그들은 아름다움 대신 끔찍한 것, 두려운 것, 싫은 것에 대해서만 늘 떠들었다. 친구들이 뭘 좋아한다고 말하면 무서웠고, 친구들이 뭘 싫어한다고 말하면 안심이 되었다. 더는 이해할 필요가 없는 것 같았다. 나는 이해받고 있었다. 끔찍한 것을 마주칠 때, 나는 이해도, 수긍도, 생각도 하지 않는다. 끔찍한 상처나 생각을 발견하면 눈을 질끈 감거나, 고개를 홱 돌렸다. 친구가 싫어하는 것을 토로하면, 나는 그게 왜 싫은지에 대해 생각하지 않았다. 나도 그냥 싫었다. 듣는 동시에 싫어지곤 했다. 그래서 나는 친구와 함께 있는 것이 좋았다. 평생을 같이 있고 싶었다. 하지만 친구들은 아름다운 것도 좋아했다. 친구들은 나를 떠났다. 나는 세상에서 가장 아름다운 비포장도로에서, 친구들과 함께 지옥에서, 비명을 지를 힘도 없이, 탄식의 한숨을 뱉을 힘도 없이, 완전히 탈진한 채로, 순간접착제가 발린 내 머리를 발견할 때마다 그게 계속 웃겨서. 봐도 봐도 웃겨서. 마냥 계속 웃을 수 있을 것이라고 생각했다. 나는 이제 그들이 왜 '그걸' 싫어하는지, 왜 견디지 못하는지를 이해한다. 난 이제 전보다 현명한 사람이 되었다. 나쁘게 말하면 꼰대가 다 되었다. 나는 친구가 어떻게 하면 세상을 견딜 수 있을지, 나를 견딜 수 있을지, 마음이 편해질지에 대해서 생각한다. 나는 친구를 이해하려고 한다.

내 친구는 아름답다. 나는 아직도 그들을 사랑하고 있는가? 아마도 그런 것 같다. 하지만 나는 사랑의 힘이 떨어져 나가는 것을 느낀다. 나는 그들을 화나게 해야 한다. 나는 그들에게 아무 도움도 주지 않을 것이다. 나는 그들이 끔찍한 것과 계속 만날 수 있도록 도와야 한다. 공포를 선사해야 한다. 그들이 나에게 질려 모두 떠나간다면. 그건 아마 끔찍한 광경일 것이다. 한동안 나는 집에서 거의 나가지 않았다. 요즘엔 자주 나간다. 나는 영화관에 자주 간다. 더 자주갈 것이다. 영화관에 모인 사람들은 조용하다. 세상에서 가장 아름다운 길에서 들었던 침묵처럼. 극장은 어둡고, 나는 그들이 아름다움을 느끼고 있는지, 느끼지 못하고 있는지 알 수 없다. 그렇다면 나는 이 적막을 내가 원하는 대로 받아들일 것이다. 극장은 지옥이다. 거기서 우리는 이해하고 있다. 너무나 안심되고, 끔찍하다.

동요 부르는 자들

〈환상여행〉은 1996년에서 1998년까지 방영되었던, 〈환상특급〉을 표방한 MBC의 오컬트물 옴니버스 프로그램이었다. 이야기의 해설자 겸 배우로 권해효가 나왔다. 한 에피소드가 자꾸 생각난다. 너무 오래되어서 정확히 어떤 얘기였는지는 기억이 잘 나지 않는다. 아마 한 가족이 여름휴가를 떠났다가 길을 잘못 들어서 어떤 시골 마을로 가게 됐던 것 같다.

그 마을은 참 아름다웠다. 동네 사람들도 친절했다. 며칠만 놀다가 집으로 돌아갈 생각이었던 이들은 아예 거기 장기 체류하게 된다. 거기서 애들 유치원도 보낸다. 유치원이라고 해봤자 진짜 시설이 있는 건 아니고, 마을의 가장 큰 나무 아래에서 주민들이 공동으로 애들을 돌보았던 것 같다. 하루는 유치원에 다녀온 아이가 동요를 부른다. 그런데 가사가 이상하다. "산골짝에 다람쥐 때려 죽여요"란다. 부모는 유치원으로 찾아가 애가 이상한 노래를 부르는데 도대체 어떻게 된 일이냐고 따진다. 유치원 선생님은 그럴 리가 없다고 한다. 애들한테 노래를 다시 불러보자고 하고, 애기들은 원래 가사대로 "산골짝에 다람쥐 아기 다람쥐"를 부른다. 부모가 미안하다며 아이를 데리고 퇴장하자 남겨진 아이들에게 선생님이 다시 요청한다. 자, 다시 불러볼까? 모두가 합창한다. "산골짝에 다람쥐 때려 죽여요."

난 어른이 동요 부르는 걸 싫어한다. 어쩌면 애들이 동요를 부르는 것도 좋아하지 않는 것 같다. 정말 좋아하지 않는 건가? 동요 부르는 애들을 어쩌고 싶은 걸까? 내 생각엔 〈환상여행〉 때문인 것 같다. 그냥 그날 〈다람쥐〉의 개사 버전을 듣고 나서, 정확히는 부모들이 집에 간 다음, 다 함께 큰 나무 아래에 둥글게 앉아서 다시 "때려 죽여요"라고 했을 때부터인 것 같다. 그게 잔인한 버전이든 아니든 상관없다. 동요에는 항상 숨겨진 원본이 있는 것 같다. 나는 속는 게 싫다. 사는 게 속는 일이니까, 속지 않을 수는 없겠지만, 속고 있는 것을 뻔히 알면서, 왜 나를 속이느냐고 따질 수도 없으면…… 세상이 너무 가증스러워서 더는 여기 있고 싶지 않다. 옆에서 누가 동요를 부르면, 계속 부르면, 너무 불편하고, 싫고, 뭐가 싫은지 정확히 말해줄 수 없어서 괴롭다. 세상엔 동요 부르는 자들이 너무 많다. 대부분의 노래가 동요다. 만화 주제가도, 10년 전에 유행했던 팝송도, 시로 만든 노래도, 아저씨들이 부르는 김광석도, 김광석이, 더는 강수지의 것이 아닌 보라빛 향기도. 동요 같다. 전부 동요다.

그러니까 이런 지옥이다. 우리가 걷고 있는 곳은 숲이 아니다. 그냥 나무와 나무 사이를, 길에 난 가로수 사이를 걸으면서 누가 "숲속을 걸어요"라고 노래한다. 그 사람은 내 가장 친한 친구다. 너는 횡단보도를 건너면서 "정글 숲을 기어서 가자"고 노래한다. 동요 좀 그만 부를래? 난 네게 요구하지 못한다. 천진하게 세상을 동요 뮤지컬로 만들고 다니는 게 예쁘기 때문이다. 정말 예쁘고, 재밌고, 순발력이 있다. 그래도 나는 불안하다. 네가 나를 속이는 것 같아. 너는 가수

가 될 것이다. 그것도 아주 인기 있는 가수. 처음에 네
가 만든 노래는 유명하지 않을 것이다. 그래서 우리만
아는 노래일 것이다. 그때에 너의 노래는 동요가 아닐
지도 모른다. 하지만 곧 지옥의 많은 사람들이 너의
노래를 좋아하게 될 것이다. 다들 너의 노래를 부를
것이다. 너의 노래는 동요가 되지 않는다. 내가 원본
을 알고 있으니까. 오직 나만이 그 노래에 숨겨진 진
실을 알고 있으니까. 가사가 없었을 때의 허밍도 알고
있으니까. 사람들은 너의 노래에서 형이상학적 위로
를 받는다. 하지만 그 노래는 그저 네가 어떤 친구에
게 무례하게 굴어서, 그 친구와 절교하고 괴로워서,
기분을 좀 좋아지게 만들기 위해 지어낸 소품에 불과
하다. 사람들은 속지만 나는 속지 않는다. 그건 희망
에 대한 노래가 아니다. 나는 안다. 그렇게 자신하면
서 살아가고 있다. 그러나 결국 그 노래는 더 유명해
지고, 나는 갑자기 내가 아는 것을 의심하게 된다. 정
말…… 내가 알던 사람의, 내가 알던 사연에서 나온,
그런 노래가 맞는 걸까? 아닌 것 같아. 동요다. 동요
가 된다. 숨겨진 것이 없었는데. 숨겨진 것이 생기고
야 만다. 동요에는 숨겨진 것이 있지만, 동요에는 비
밀을 숨길 만한 공간이 없다. 동요는 아주 비좁은 상

자이고, 거기에는 아무것도 숨길 수 없다. 어쩌면 동요에는 숨겨진 것이 없을지도 모른다. 그것이 동요가 숨기고 있는 비밀일지도 모른다. 이렇게 생각해도 기분이 나아지지 않는다. 왜냐면 사람들이 속고 있기 때문이다.

우매하고 불쌍한 대중들. 아무것도 숨긴 게 없는 작품을 감상할 때만 그 작품이 뭔가를 숨기고 있다고 짐작하곤 하지. 멍청한 예술가들. 대중을 속이는 데 혈안이 된 악마들⋯⋯.

여긴 그런 지옥인 것이다. 사람들이 속지 않을 때는 내가 속고, 사람들이 속을 때는 내가 속지 않는, 그러니까 결국 누군가는 꼭 속을 수밖에 없는, 그것이 동요 부르는 자들의 지옥이다. 숲속을 걷고, 정글 숲을 기어서 가고, 모두가 노래방에서 동요만 줄창 부른다. 좋아했던 만화 주제가를 부른다. 가사를 보지 않고도 부를 수 있다. 이 노래방 기계에는 가사가 나오지 않는다. 모두 기억력이 아주 좋다. 6살 때 봤던 만화야. 아직도 기억하고 있지. 토씨 하나 틀리지 않고 기억하고 있지. 다들 자기가 완벽하게 기억하고 있다는 사실에 만족한다. 좋겠다. 나는 기억이 잘 나지 않는데. 그래서 나는 노래방에서 사람들이 동요 부르

는 것을 들으면서…… 산소가 희박해지는 것을 느낀
다. 나는 곧 죽을 것이다. 아무도 내가 어떤지는 상관
하지 않는다. 너희들은 다음에 부를 노래를 예약하면
서, 가끔 나를 노려본다. 넌 안 부르니? 부르기가 싫
니? 나는 부르기 싫은 게 아니다. 하지만 나는 다 잊
어버렸다. 생전에 들었던 노래가 너무 많았어. 그것
들이 엉망으로 뒤섞여서 이제 나는 제대로 부를 수 있
는 노래가 없어. 정말이야. 가사를 모르겠어. 기억이
안 나도 일단 부르라고 한다. 나는 아무도 속이고 싶
지 않아…… 내가 진실을 노래해도, 악기를 연주해
도, 누군가는 속을 것이다. 그리고 나는 정확히 말해
서 속이지 않는 방법을 잘 모르겠다. 내 입에서 나오
는 것은 모두 동요다.

　　여긴 동요의 지옥이다. 이 지옥은 동요에 나온 것
들로 만들어졌다.

애프터썬

영화 〈애프터썬〉을 봤다. 조조
로 보았는데 극장이 조금 추웠
다. 영화는 아주 무섭고 슬펐
다. 난 유년 시절에 느꼈던 성
적 긴장감에 대해서는 작품에
서 묘사하길 꺼렸던 것 같다.

아마 그런 걸 다루는 게
부끄러웠던 게 아닐까. 키스나
섹스를 궁금해하지 않았던 적
이 없으면서, 왜 미성년에 그
런 것들이 궁금했던 건 부끄럽
게 생각할까. 항상 조금 더 많
은 걸 빨리 경험하고 싶었으니
까. 조금이라도 더 어른스러운
공간에 있고 싶었으니까. 그
래서 매번 나와는 어울리지 않

는 곳만 찾아다녔던 게 아닐까. 시네마테크도, 삼청동도, 라이브 클럽도, 새벽도, 학교도, 짝사랑도, 죄다 나보다 더 나이가 많은 사람들이 와서 담배도 피우고 술도 마시는 곳이었지. 난 그런 곳에 비집고 들어가서 아무도 내게 말을 걸지 않는데, 마치 누군가 내게 관심을 보인다고 생각하며 계속 앉아 있었던 것 같아. 다들 나를 불편하게 생각했을 거야. 아니면 다들 이렇게 되뇌었겠지. "불쌍한 어린 녀석. 나도 어렸을 때 그랬는데. 조바심을 냈는데. 친구가 될 수 없는 사람들과 친구가 되고 싶었는데. 어쩔 수 없지. 있고 싶으면 있으라고 해야지. 하지만 너무 어리구나."

불편하고 어색한 공간이나 관계들에 비집고 들어가서, 즐겁다고 생각하는 늙은이들은 꼰대이고. 어렸을 땐 조바심이고. 20대엔 흥청망청 실수만 했던 것 같아. 있으면 불편한 곳만 찾아 돌아다니는 거야. 즐겁기도 하고 불안하기도 하고. 그러다 방으로 돌아와서는 곧 여행이 끝난다는 것을 아는 것이다. 집으로 돌아가지 않는 사람은 어떨까? 평생을 여행만 하는 사람은 어떤 사람일까? 훌륭한 사람이겠지. 친절한 철면피거나. 계속 불안을 느끼면서도 가슴이 뛰는 걸 행복으로 받아들이며 사는 사람이겠지. 아니면 그 사람에겐 행복도, 불안도, 위험도 자기 영혼 같은 걸 흔들 수 없나 보지. 나는 흔들리는 사람이야. 난 막춤을 췄고 골이 흔들렸어. 어지러웠어. 누군가는 그 어지러움을 기억이라고 했어. 우리가 모두 거기로 간다고. 아주 무섭고 슬펐다.

실거주 공간
낭비 지옥

한국의 대형 종교 건물은 마치 대학교 건물 같다. 한적한 시간이나 계절에는 그 넓은 공간이 전부 버려진 채 존재한다는 것이 닮았다. 여름방학이나 겨울방학, 오후 6시 이후의 대학교 건물은 아주 쓸모없다. 대형 교회나 현대식 사찰은 일요일이 아니면 거의 텅텅 비어 있다. 그래도 종교 건물이 대학 건물보다 나은 건, 종교 건물은 텅텅 비어 있는 시간에도 뭔가 신비로운 아우라를 풍긴다는 거다. 대학 건물은 언캐니할 때가 종종 있는데, 종교 건물엔 포근함이 있다. 어쩌면 난방이 잘 되어서일까. 그것도 맞지만 뭔가가 더 있다. 외부인은 모른다. 한국의 대형 종교 건물은 지루하고 아늑하다. 문제는 그 아늑함을 속 편히 즐길 수 없다는 데 있다. 뭔가 끔찍한 것이 숨겨져 있을지도 모르기 때문이다. 그러니 한국의 대형 종교 건물에선 내부인도 결코 내부인이 될 수 없다. 대형 종교 건물에는 항상 우리가 알 수 없고, 갈 수 없는 어떤 공간이 있기 때문이다.

그 비밀의 공간은 아마 교주나 건물 주인이 가장 많은 시간을 보내는 곳. 침실일 것이다. 그들은 새벽기도를 위해 일찍 일어나야 한다. 저녁 예배 때문에 늦게 퇴근하고. 취미 생활이나 공부(수행)도 해야 한다. 그렇다면 그들은 잠을 조금만 잘 것이다. 그러니 그들의 침실은 넓을 필요가 없다. 좁았으면 좋겠다. 비좁아야 한다. 교황의 방이 좁았으면 좋겠다. 끔찍한 일이 벌어지기 힘들도록. 끔찍한 일이 벌어지려면 최소한 방에 세 사람은 들어갈 수 있어야 한다. 그러니 한 사람도 들어가기 힘들었으면 좋겠다. 정리해보자. 종교 관계자들에게 따로 집이 없다면. 그래서 대형 종교 건물에서 숙식을 해결해야만 한다면. 그리고 그들의 방이 17세기 선박의 선실 침대처럼 비좁다면. 그러면 그 건물엔 숨겨진 게 없는 것처럼 느껴질 거다. 이렇게 하면 어떨까. 신도들이 종교 건물에 들어가면, 제일 처음 그 건물 주인이나 수장이나 대장의 침실을 보러 가는 것을 관례로 하자. 그리고 그들의 침실이 얼마나 지옥같이 좁은지를 보면서, 건물이 이렇게나 넓은데 자는 곳은 이렇게 좁구나. 약간의 동정심을 가지도록 하자. 그러나 지옥은 그보다 더 비좁을 것이다. 아니지…… 지옥은 비좁지 않을 것이다. 오로지 지옥의 침실만이 비좁을 것이다. 지옥은 넓을 것이다. 대형 종교 건물처럼. 그러나 현실은 내가 바라는 대로 굴러가지 않는다. 대형 종교 건물 대장들의 침실은 아마도 비좁지 않을 것이다. 조금만 더 진실되게 말하자면, 만약 내가 교주들이 자는 방을 목격하게 되더라도. 나는 그 건물에 뭔가 더 숨겨진 공간이 있을 것이라고 느낄 것이다. 내겐 의심병이 있다. 대형 종교 건물은 너무 크다. 분명히 숨겨진 방이 더 있다. 확실하다.

어렸을 때 부모를 따라서 다녔던 능인선원이라는 사찰은 당시 한국에서 가장 큰 현대식 절이었다. 유치원도 있었고, 불교 대학도 있었다. 엄청나게 넓은 급식소도 있었다. 제일 좋았던 건 사찰에 법당이 몇 개씩이나 되는데 그게 따로 떨어져 있는 게 아니라 한 건물에 다 있다는 게 좋았다. 능인선원은 미로 같아서 법당과 법당 사이에 넓고 긴 복도가 있었고, 복도 사이사이로 좁은 통로들이 산개하였고, 그게 다 어떻게든 이어지고, 그 좁은 통로들 사이사이엔…… 좁은 계단이 있었고, 대법당을 촬영하기 위해 만든 발코니가 있었고, 하여간 자투리 공간이 엄청나게 많았다. 아마 내가 너무 작아서 더 그렇게 느꼈을지도 모른다. 나는 부모가 기도를 하는 동안 그 서늘하고 포근한 자투리 공간들을 탐험하고, 숨어서 낮잠을 자는 것을 좋아했다. 난 아마 초등학교 2, 3학년이었던 것 같다. 나는 사찰 지하에 있었던 공중전화로 남자들과 폰팅을 했다. 아저씨들은 내가 여잔 줄 알았다. 매너가 좋은 사람도, 그렇지 않은 사람도 있었다. 난 사실 폰팅을 하면서 폰팅이 뭔지 잘 몰랐다. 목소리로 내 성별을 속이는 게 재밌었다. 무서운 말을 들어도 그게 뭘 의미하는지 알 수 없었다. 그렇게 넓었다.

여기 내가 좋아하는 불교 얘기가 있다. 엄청나게 큰 사원을 지어다가 석가모니에게 주고 싶은 대부호가 있었다. 어떤 왕자가 대부호에게, 불교 사원을 짓고 싶으면 손수 동전을 공터에 깔아보라고 한다. 재산을 모두 쏟아부어서 엄청나게 넓은 땅을 모두 동전으로 채우면 허락하겠다는 거였다. 아마 롯데월드나 에버랜드 정도로 넓은 부지였던 것 같은데. 결국 대부호는 바닥에 돈을 다 깔았고, 왕자가 허락해서 사원을 지었다는 얘기. 당시엔 탁발승들이 죄다 사원에서 잠을 자야 했다. 그래서 꼭 큰 사원이 필요했던 거다. 하지만 한국의 대형 종교 건물엔 실거주 공간이 거의 없다. 난 그 사실이 정말 마음에 든다. 한국의 대형 종교 건물을 만든 사람들은 죄다 낭비 지옥에 갔거나, 갈 것이다. 낭비 지옥은 대형 종교 건물일 것이다. 거기서 건물주나 건축가나 인부들은 자기가 믿지도 않는 종교의 대형 건물 안에서 하루 종일 서성일 것이다. 앉지도 못하고, 수많은 인파에 휩쓸려서 걸어 다녀야 한다. 밥은 준다. 맛대가리 없는 단체 급식이다. 매일 똑같은 반찬만 나온다. 그러다 갑자기 예배 시간이 끝났다며 나가라고 한다. 저희는 집이 없는데 잠은 어디서 자요. 알아서 하세요. 여긴 실거주 공간이 아니거든요. 낭비 지옥의 친구들은 밖에서 몇 시간 떠돌 것이다. 그래도 건물은 아늑하다. 곧 다시 들어갈 수 있을 것이다. 그리고 거기엔 아주 좁은 교주의 침실이 있을 것이다. 어딘가엔 숨겨진 방이 있을 것이다. 그 방을 찾으면 거기 숨어서, 쫓겨나지 않고 영원히 잠을 잘 수 있을 것이다. 희망이 있네. 그렇다면 실거주 공간 낭비 지옥은 그렇게까지 끔찍한 지옥은 아닌 것 같다. 그렇다 이 지옥의 이름은 실거주 공간 낭비 지옥이다. 대학교 총장들도 간다. 이사장도 간다. 초등학생들도 가고. 졸업생들도 간다. 선생은 당연히 간다. 아, 기숙사에 살았던 학생들은 가지 않는다. 자취생들은 간다.

틀린 예감

꿈에서는 늘 바라는 것이 있다. 꿈에서 깨도 바라는 것이 있다. 하지만 꿈에서는 조금 더 바라고 있다. 정말인가? 확신할 수 없다. 그러나 꿈에서는 내가 바라는 것에 더 가까이 있다. 꿈에서는 늘 가야 하는 곳이 있다. 꿈에서 깨도 가야 하는 곳이 있다. 그러나 꿈에서는 내가 가야 하는 곳에 더 가까이 있다. 확신할 수는 없다. 확실한 것은 꿈에서는 아슬아슬하다는 거다. 어떤 것에 곧 당도할 것 같은 기분이다. 마치 소변을 참는 것처럼. 바라는 것이나 가야만 하는 곳이 아주 멀

리 있더라도, 어쩐지 가까이 있다는 느낌. 이뤄질 것
이라는 느낌.

아주 조금만 참으면 이길 수 있다는 느낌. 그러니
까 이런 거다. 추석이나 설에 엄마의 집에 가면, 자꾸
만 반찬이나 옷을 가져가라고 한다. 나는 싫다고 한
다. 냉장고도 좁고, 옷방도 가득 찼기 때문이다. 하지
만 엄마를 어떻게든 설득하거나, 짜증을 내서 가져
갈 짐을 덜어도 기분은 전혀 좋지 않다. 너무나 많은
이유로 엄마의 마음이 상했기 때문이다. 자기 마음을
몰라주어서, 키워놨더니 짜증을 내서…… 어쩌면 내
가 군말 없이 엄마가 주는 모든 것을 다 가져가더라도
엄마의 마음은 좋지 않을 것이다. 뭔가 더 줘야만 한
다고 생각하고 있기 때문이다. 어렸을 때는 엄마와 이
런 말싸움을 할 때, 무한의 방에서, 절대 마음 상할 일
이 아니라고 엄마를 설득하고 싶었다. 어떻게 하면 서
로 행복할 것인지 생각하자고. 나는 엄마를 미워하는
것이 아니고, 마음을 모르는 것이 아니라고. 그냥 짐
을 보관할 곳이 없고, 마음만으로도 항상 고맙다고.
그렇게 말하면 엄마가 말도 참 곱게 하는구나. 그러
고 그냥 나를 보내줄 거라고 생각했다. 하지만 결코
그런 일은 일어나지 않았고, 무한의 방이 필요했다.

무한히 설득하고 싶었다. 이제는 무한의 방이 필요하지 않다.

서로가 완전히 행복할 수는 없다. 이건 이기고 지는 싸움이 아니다. 그래서 나는 가끔 반찬을 다 먹지 못하고 버리게 되는 한이 있더라도 그냥 군말 없이 가져가거나, 조금 짜증을 내서 상처를 주고 만다. 어쩔 수 없는 일이다. 어쩔 수 없는 일인데, 꿈에서는 아직도 어쩔 수 있는 일이다. 꿈에서는 이상하게 조금만 더 대화로 설득하면 둘 다 행복할 수 있을 것 같다. 뭘 더 가져가네 마네 다투지 않고, 서로 웃고, 데이트 약속을 잡고, 영화관에서 만나기도 하고. 꿈에서는 그런 꿈같은 일이 일어날 것만 같다. 하지만 꿈에서도 그런 일은 벌어지지 않는다. 꿈에서는 조금만 더, 조금만 더 싸우면 싸움이 끝날 것 같고, 그래서 꿈에서 나는 무한히 엄마와 다툰다. 말은 엄마라고 했지만 실제로 꿈에서 엄마와 그런 일로 다툰 적이 있는지 없는지는 기억나지 않는다. 하지만 꿈에서 대부분의 사람과 줄다리기를 하는 것은 확실하다. 어젯밤에도 누군가를 설득하려고 했던 것 같다. 분명히 조금만 더 설득하면 될 것 같았다. 무엇을 위해서? 모르겠다. 행복을 위해서였나? 욕구를 위해서였나? 해결이 가깝게 느껴졌고, 그것이 내 인생에서 가장 중요한 일이었다. 꿈에서 깬 나에게는 그렇게 중요한 일이, 인생에서 가장 중요한 일 따위는 존재하지 않는다. 그래서 나는 꿈으로 돌아가고 싶다. 거기는 지옥이었다. 나는 거기서 너무나도 고통스러웠다. 아슬아슬, 가깝게 느껴졌기 때문이다. 어쩌면 거기서 나는 스포일러를 들은 사람처럼 행동했다. 조금만 있으면 다 해결이 될 일들이었다. 조금만 있으면 버스가 곧 여행지에 도착할 것이었다. 그건 자명한 사실이었다. 하지만 결코 나는 도착할 수 없었다. 꿈은 언제나 지옥이다. 그러니까 전쟁을 일으키는 자들은 반쯤 꿈을 꾸고 있는 것이다. 싸움에 끝이 있을 것이라고 생각하는 것이다. 그래서 잠을 남보다 많이 자는 이들은 지옥에서 형벌을 좀 받을 것이다. 너무 많이 싸웠기 때문이다. 너무 많이 원했고. 결코 다다르지 못했기 때문이다. 그리고 그 갈증을 사랑했기 때문이다. 나는 그런 지옥에 갈 것이다.

시를 쓰는 일은 꿈을 기록하는 일이 아니다. 하지만 꿈을 기록하는 일의 방식을 고민하다 보면, 가끔 시를 쓸 수 있게 된다. 나는 무의식을 기록하는 일을 시라고 생각하지 않는다.

무의식은 알 수 없고, 기록할 수 없는 것이기 때문이다. 우리는 오로지 무의식을 기록하려는 노력이나, 실패의 과정만을 쓸 수 있다. 그런 일에도 가치는 있겠지. 아마도 예전에 누가 했던 방식을 반복하지 않으려는 의지 속에서만 꿈을 기록하는 일이 의미 있을 것이다. 그래서 나는 과거의 작가들이 꿈을 기록하려고 했던 시도들을 검토했고, 나만의 방식을 찾아보려고 했다. 꿈에서 나는 내가 좋아하는 사람과 걷고 있었다. 우리는 곧 키스를 하게 될 것이 분명했다. 하지만 문제는 그게 언제인지는 알 수 없다는 거였다. 나는 무한정 걸었다. 꿈에서 깬 나는 생각했다. 정말로 내가 꾼 꿈이 그런 내용일까? 우리가 꿈을 기록할 수 없는 이유는 어쩌면, 꿈에 서사가 없다는 데 있을지도 모르겠다. 그러니까 우리가 기억하는 꿈은 이미 우리가 편집한 것에 불과할지도 모른다는 생각. 뒤죽박죽인 이미지 카드를, 잠에서 깨면서 순식간에 말이 되게 연결하고서는, 의식적으로 서사를 창작한 다음, 그게 자기가 꾼 꿈이라고 믿어버리는 것은 아닐까? 그러니까 결코 꿈은 기록할 수 없는 게 아닐까? 그렇다면 내가 꿈에 대해 쓸 수 있는 것은, 내가 키스를 곧 하게 될 거라고 믿었다는 느낌뿐이다.

꿈에서 어떤 갈등을 느꼈는지 기록하고, 꿈에서 깨서 그 갈등에 어떤 서사를 부여하였는지 기록하고, 그것들을 교차하면 무엇이 소급될까? 그렇게 쓴 시가 「You can never go home again」이라는 시였다. 그 시에 등장하는 희정 씨는 별안간 자신이 하느님과 부처님을 곧 만날 것이라는 느낌을 가진다. 그러나 결코 만나지는 못한다. 마치 테드 창의 소설 「지옥은 신의 부재」에서 그렇듯이. 그곳은 어쩌면 지옥이고, 신은 거기에 없을지도 모른다.

테드 창의 소설에서, 지옥의 인간들은 자기들이 신을 영원히 만날 수 없다는 사실을 이미 알고 있다. 그래서 그들은 다소 평화롭고 동시에 끔찍하게 우울하다. 하지만 내 지옥에서, 그러니까 꿈에서, 희정 씨는 곧 신을 만난다는 사실을 어째서인지 알고 있다. 그러나 곧은 계속 지연된다. 그리고 희정 씨는 꿈에서 깬다. 신을 만나러 가고 있었네. 그렇게 정리하고 기록한 뒤에, 희정씨는 다시 잠을 잔다. 지옥이 꿈이라면, 우리는 가끔 지옥이 아닌 곳에서 지옥을 기록할 수 있을 것이다.

다음은 수녀스님이 꾸고 있는 꿈이다 신딸이 신엄마에게 큰절을 한다 대단해요 하느님은 백인이었다 부처님도 백인이었다 하지만 아직 하느님과 부처님을 만나보지는 못했다 분명히 곧 만날 것이다 다음은 꿈에서 깬 수녀스님이 무얼 하는지 묘사하고 그녀의 생각을 서술한 글이다 수녀스님은 잠에서 깨어 꿈에서 본 것들을 정리하게 되었다 내가 꿈에서 저승에 갔구나 엄마를 봤네 다음은 희정 씨가 왜 수녀스님인지 소개하는 글이다 희정 씨는 수녀면서 점집을 겸한 작은 절의 스님이었다 점집절은 신촌 골목에 있었고 수도원은 마포에 있었다 그녀는 이중생활을 했다 희정은 어려서부터 수녀가 되고 싶었는데 고등학생 때 신이 들려서 신내림을 받아야 했다 그녀는 수녀가 꼭 되고 싶었다 신엄마는 불교 공부와 사주 공부를 열심히 하고 가끔 점도 봐주면서 살면 전업 무당을 하지 않고 일반인 행세를 하면서 살 수 있다고 조언했다 다음은 묘사와 서술이다 수녀스님은 화가 났다 다음은 수녀스님이 꾸고 있는 꿈이다 신딸은 토마스와 법정의 생김새를 안다 자살한 자들의 지옥에는 왕동백나무가 분명히 있다 다음은 잠에서 깬 수녀스님의 생각을 서술한 글이다 엄마를 봤네 다음은 수녀스님이 꾸고 있는 꿈이다 이제 그들을 만나러 가자 신엄마가 가자고 한다 백인들을 만나러 가자고요? 신딸의 물음에 신엄마가 대꾸하지 않는다 불안하네 둘은 움직인다 신엄마가 신딸의 손을 잡는다 이제 그들과 아주 가까워 그들이 가까이 있나요? 신딸의 물음에 신엄마가 고개를 끄덕인다 행복하다 다음은 수녀스님의 미래를 소개하는 글이다 희정은 믿음이 강할 때는 가끔씩만 믿지 못할 것이며 분노가 치밀 때는 가끔씩만 믿을 것이다 다음은 믿음이 강할 때의 불신 속에서 희정이 하는 행동이다 희정은 잠을 잔다 다음은 분노가 치밀 때의 믿음 속에서 그녀가 하는 행동이다 그녀는 눈을 감는다 다음은 눈을 감은 여자의 생각이다 믿고 있다 다음은 눈을 감은 여자의 생각이다 눈을 뜰까 다음은 수녀스님이 주인공으로 나오는 희곡을 요약한 것이다 막이 오르면 수녀스님의 일상이다 막이 내렸다가 다시 오르면 수녀스님의 49재다 우리 스님을

성당에 묻다니 불자들이 화가 났다 비구니들이 승무를 춘다 막이 내렸다가 다시 오르면 수녀스님의 꿈이다 신엄마가 신딸에게 이제 가자고 한다 그들은 움직이지 않는다 다음은 수녀스님의 생각을 서술한 글이다 희곡을 썼네 여기까지 쓴 다음 나는 희정 씨가 어디에 있는지 알고 싶다 그곳에서 그녀를 꺼내고 싶다 이렇게 생각해도 기분이 좋아지지 않는다 자야겠다

울타리

초등학생 때 과천 대공원 삼림
욕장으로 소풍을 갔다. 우리
는 처음에 동물원이나 서울랜
드, 경마장이나 현대미술관에
가는 줄 알았다. 하지만 선생
님은 우리를 삼림욕장으로 인
솔했다. 멋있게 말해서 삼림욕
이지 그냥 산행이었다. 우리는
왜 소풍을 삼림욕장으로 왔는
지 이해할 수 없었다. 그것은
선생님도 마찬가지였던 것 같
다. 왜냐면 선생님이 길을 잃
어버렸으니까.

그 당시 과천 삼림욕장엔
이정표가 없었다. 그래서 선생
님은 왔던 길을 되돌아가기도

하고, 먼저 뛰어가서 그 길이 맞는지 살펴보고 왔다. 나는 우리가 저녁까지 헤맸으면 좋겠다고 생각했다. 선생님이 답답해서 울지도 몰라. 소방서에서 우릴 구하러 오겠지? 여러 가지 상상을 했다. 곧 점심시간이어서 반장이 선생님한테 도시락을 건넸다. "분명히 청계산으로 넘어갈 수 있다고 들었는데……." 선생님은 계속 혼잣말을 했다. 그리고 때마침 삼림욕장 관리인이 맞은편에서 내려왔다. 관리인 아저씨는 이렇게 말했다. "걱정 마세요. 이 길이 맞아요. 확실합니다." 그래서 선생님은 우리들을 끌고 계속 올라갔다.

하지만 아무리 봐도 제대로 된 길은 아니었다. 잠자코 앞사람을 따라 걸었을 뿐, 이게 길인지 아닌지는 도통 분간이 되지 않았다. 얼마 가지 않아 온몸에 도깨비바늘이 달라붙었다.

풀에 종아리를 베인 친구도 있었다. 벌써 힘들어 죽겠는데 이러다 정말 청계산까지 가면 어쩌지? 거기서 또 어떻게 내려오란 말이야? 이게 소풍인가? 이게? 그런데 뜬금없이 커다란 울타리가 우리 앞을 가로막았다. 그 울타리에는 작은 쪽문이 뚫려 있었다. 선생님은 그 문을 관찰하기 시작했다. 문 앞에는 커다란 자물쇠가 떨어져 있었다. 자세히 보니 쇠톱으로 잘라낸 흔적이 보였다. 울타리는 온통 녹이 슬어 있어서 원래 색깔을 알아볼 수 없었다. 문은 반쯤 열려 있었다. 아이들이 여기저기서 웅성거렸고 선생님이 결단을 내렸다. 우리는 선생님을 따라 줄줄이 쪽문 안으로 들어갔다. 그리고 10분 정도 지났을까. 갑자기 길다운 길이 나타났다. 폭이 좁지도 않고 잡초도 무성하지 않았다. 바람도 살랑살랑 부는 것이 실로 삼림욕을 하는 기분이었다. 선생님도 기분이 좋아 보였다. 나는 더는 나무 덤불을 헤집고 다니지 않게 된 것에 감사하면서도. 이제 꼼짝없이 청계산까지 가게 되었다는 생각 때문에 발걸음이 무거워졌다.

그런데 갑자기 길고 긴 내리막길이 계속되었다. 그리고, 내리막길의 끝에서 커다란 새장이 나타났다. 아파트만 한 새장에 온갖 종류의 새들이 들어 있었다. 애들이 환호성을 질렀다. 그곳은 동물원이었다. 입장료도 내지 않고 동물원에 들어오다니. 마법 같은 일이었다.

선생님은 이제 청계산을 포기한 것처럼 보였다. 그날 우리는 동물들을 구경했고 선생님은 동물원 직원을 찾아 120명분의 입장료를 지불했다. 나는 그날 이후로 계속해서 그 울타리를 찾으려고 노력했다.

친구들하고 2주에 한 번씩 삼림욕장에 갔다. 하지만 그 울타리는 찾을 수 없었다. 동물원에 몰래 들어가는 울타리를 찾아내진 못했지만, 우리는 서울랜드에 공짜로 들어가는 방법을 알고 있었다. 일단 서울랜드 앞에 있는 쓰레기통을 뒤져 사람들이 버린 자유이용권을 찾았고, 그걸 팔목에 끼워 넣었다. 그런 다음 아무 울타리나 타고 넘어갔다. 울타리가 아무리 높은들 문제가 되지 않았다. 온종일 바이킹을 타고 박치기차를 몰았다.

꼭 공짜라서 더 좋았던 것은 아닌 것 같다. 중학생 때 우리는 자주 폐장시간의 동물원, 놀이공원을 즐기곤 했다. 진짜 입구를 통해서는 절대로 들어갈 수 없는 그곳. 우리는 밤의 동물원에서 술래잡기를 했다.

그날 새벽. 나는 내 친구 소영이랑 의릉 앞 벤치에 앉아 수다를 떨고 있었다. 소영이 얘기를 듣는 것은 언제나 즐거운 일이었다. 걔가 하는 말은 어떤 것이든 내 생각과 똑같았다.

그냥 단순히 비슷한 것이 아니라 완전히 똑같았다. 우리는 우리가 실제로 같은 부모한테서 태어난 게 아닌지 의심해본 적도 있었다. (한 가지 다른 것이 있다면 소영이는 막 연애를 시작했고 나는 막 애인이 랑 헤어졌다는 점이었다.) 내가 무슨 말을 하든 소영이는 온전히 알아들었다. 들어봤자 다 아는 얘기니까 중간에 말을 끊어도 상관없었다. 첫 문장만 들어도 무슨 얘기를 할 것인지. 그 얘기가 어떻게 끝날 것인지 알 수 있었다.

정소영하고 나는 유년 시절이 유독 비슷했다. 엄마한테 자주 매를 맞았다는 것, 매일 산으로 들로 놀러 다녔다는 것, 담을 아주 잘 넘었다는 것 등등. 크게 보면 어렸을 때 누구나 겪었던 일이겠지만, 우리가 감탄한 이유는 세부적인 데 있었다. 예를 들면, 우리는 비슷한 자리에 흉터가 있었다. 다친 이유도 비슷했으며 흉터의 모양도 닮아 있었다. 게다가 둘 다 서울권 출신인데도 이상하게 자연 속에서 뛰놀았던 기억이 많았다. 누가 들으면 시골에서 자란 줄 알 정도였다. 아마 우리 둘 다 기억하고 싶은 것만 잘 기억하고, 믿고 싶은 것만 잘 믿어서 그랬는지도 모르겠다. 그리고 그 잘 기억하고 잘 믿었던 것들의 목록이 일치했던 것이다. 소영이가 어렸을 때. 소영이는 어떤 담벼락이든 일단 넘어가겠다고 결심하면 넘을 수 있었다고 했다. 그 얘기를 들으면서 나는 밤의 동물원에 대해 생각했다. 울타리를 넘어서 들어갔던 수많은 장소를 떠올렸다. 그리고 우리 앞에는 의릉이 있었다. 의릉 역시 울타리로 둘러싸여 있었다. 우리는 자주 점심을 먹는 대신 의릉에 가곤 했다. 그리고 그날 새벽. 울타리 밖에서 들여다본 의릉은 칠흑처럼 깜깜했다. 그 속엔 무언가 근사한 것이 존재하고 있었다.

이전에 본 적이 없는 무엇. 아무도 본 적 없는 무엇이 우릴 기다리고 있는 것 같았다. 아니, 그런 것은 아무래도 상관없었다. 그냥 울타리를 넘어가고 싶었다. 우리가 어렸을 때 자주 그랬던 것처럼. 내가 먼저 울타리를 넘었다. 울타리가 너무 높아서 젖 먹던 힘까지 써야 했다.

그리고 이번엔 소영이 차례였다. 나는 소영이가 포기할지도 모른다고 생각했다. 소영이가 포기하면 나도 다시 의릉 밖으로 나가야 하잖아. 힘들게 넘어왔는데⋯⋯ 하지만 소영이는 곧잘 올라왔다. 어렸을 때 골목대장이라는 말이 사실이었다. 그리고 꼭대기에 다다른 순간.

소영이가 땅으로 추락했다. 바닥에 부딪혀서 큰 소리가 났다. 나는 몹시 놀랐지만 소영이는 아무 일도 없었다는 듯이 벌떡 일어났다. 팔을 조금 삔 것 같다고 했다. 소영이가 걱정되긴 했지만 사실 내 정신은 딴 데 있었다. 한밤중에 의릉에 들어왔다는 뿌듯함에 취해 있었다.

의릉 안은 넓고 고요했다. 우리는 경종의 무덤 위에 누웠다. 봉분은 작은 언덕이었다. 소영이는 팔이 나을 때까지 잠을 자겠다고 했다. 지금은 팔이 너무 아파서 되돌아갈 수 없다고 했다. 그러곤 눕자마자 잠이 들었다. 하지만 나는 잠이 오지 않았다. 잔디에 새벽이슬이 맺혀 있어서 등짝이 다 젖었기 때문이었다. 엉덩이 역시 흠뻑 젖어서 앉아 있는 것도 찜찜했다. 의릉 안에는 가로등이 하나도 없어서 아무것도 보이지 않았다. 이렇게 찜찜한 데서 참 잘도 자는구나? 동이 트기 전에 나가야 할 텐데. 매표소 직원이 우릴 발견하면 큰일이니까.

나는 핸드폰을 열어 시간을 계속 확인했다. 자꾸 확인하니까 시간이 더 천천히 갔다. 새벽 4시였다. 핸드폰 불빛으로 소영이를 비춰보았다. 나는 소영이의 손등 위로 땅거미가 기어다니는 것을 발견했다. 고 작은 것을 보고 있자니 내가 괜히 간지러웠다. 소영이 손에서 거미를 떼어내고도 신경이 계속 쓰였다. 잔디밭에 사는 온갖 벌레들이 옷 속에 알을 깔 것 같았다.

일어서서 미친 듯이 점프를 했다. 하지만 언제까지 서 있을 수도 없는 노릇이었다. 아, 나는 자포자기한 심정으로 잔디밭에 벌렁 드러누웠다. 그런데 새 지저귀는 소리가 들렸다.

곧 동이 트려나 보다. 조금만 더 참아보자. 그렇게 침만 꼴깍꼴깍 삼키고 있었던 것인데. 5시가 다 되어서도 해가 뜨지 않았다. 지금 소영이를 깨워서 돌아갈까? 그러나 그렇게 할 수는 없었다. 소영이가 죽은 듯이 자고 있었으니까. 그렇게 또 10분이 흘렀다. 새들이 미친 듯이 지저귀기 시작했다. 까치도 울고 참새도 울었다. 나도 울고 싶었다.

시야가 밝아진 것은 순식간이었다. 앞으로 감기 버튼을 누른 것처럼 세상이 드르륵 푸른빛으로 물들었다. 나는 구름이 이쪽에서 저쪽으로 냅다 뛰어가는 모습을 지켜보았다. 그 속도가 너무 빨라서 처음엔 내 눈이 잘못된 줄 알았다. 이제 곧 해돋이를 볼 수 있겠군. 나는 고개를 돌려 소영이의 얼굴을 바라보았다. 그것은 처음 보는 푸른 얼굴이었다. 나는 까닭 없이 고개를 갸우뚱해보았다. 어느새 해가 천천히 떠올랐다. 모든 구름은 홀연히 정지하고, 새들도 울음을 멈췄다. 의릉은 일순간 정적에 휩싸이는 것이었다.

햇빛 속에서 정소영이 천천히 일어났다. 그녀는 정지한 구름을 바라보았다. 그리고 이렇게 말하는 것이었다. "이런 하늘을 본 적이 없는 것 같아. 아마 다시는 볼 수 없을 거야." 내 생각과 똑같았다. 나는 이 정적이 끝나지 않았으면 좋겠다고 생각하면서도, 동시에 내가 이 정적 속에 갇혀버린 것이 아닌가 싶어 초조해졌다. 어서 의릉을 벗어나고 싶었다. 그러나 빌어먹을 구름들은 손톱만큼도 움직이지 않았다. 그 말 많은 정소영 역시 한마디도 하지 않았다. 우리가 어떻게 의릉에서 빠져나왔는지는 기억나지 않는다. 나는 그걸 물어보려고 정소영한테 전화를 했다. 우리는 예전처럼 연락을 자주 하고 지내지 않는다. 내가 어떤 글을 쓰고 있는지 설명하지도 않았는데 정소영이 먼저 의릉 얘기를 꺼냈다. 어제 의릉 앞을 지나가는데 우리가 함께 봤던 하늘 생각이 났다고 했다. 의릉 앞을 지나갈 때마다 그 장면이 떠오른다고 했다. 나는 갑자기 기분이 좋아져서, 물어볼 것도 물어보지 않고 전화를 끊었다. 내가 하고 싶은 얘기는 이게 전부다.

이 얘기는 모두 거짓말이다. 나는 정소영이 누군지 알지도 못한다. 하지만 내가 보여주려고 했던 것은 보여줬다고 생각한다. 여러분이 잘 봤기를 바란다.

여기서 살 거야

또 유년 시절이었다. 가족과 관악산 정상에 올랐다가 내려가면서 다투었다. 나는 울면서 산을 뛰어 내려갔다. 가다가 넓적한 바위와 마주쳤다. 나는 거기 가부좌를 틀고 앉아서 눈을 감았다. 난 생각했다. 여기 있으면 곧 가족이 오겠지. 난 그들을 따라 내려가지 않겠어.

난 여기서 살 거야. 나는 밥 먹는 걸 좋아하지 않는 애였다. 누가 숟가락을 들고 다니면서 떠먹여야 조금 먹곤 했다. 굶어도 배가 고프지 않았다. 그래서 나는 내가 밥을 안 먹어도 된다는 사실을 알고 있었다. 난 관악산 중턱의 넓적바위에 가부좌를 틀고 앉아서, 등산객들은 신경도 쓰지 않고 망부석이 될 거였다. 곧 가족이 지나갔다. 나는 눈을 꾹 감고 있었다. 뭐 하세요? 왜 그러고 앉아계세요? 우린 갑니다! 그렇게 인사를 건네더니 나를 지나쳐 내려갔다. 원하던 바였다. 그들이 지나가고 얼마큼 시간이 흘렀을까? 내가 생각하기론 한 시간 정도 거기 앉아 있었던 것 같다. 5분도 안 됐을 수도 있다. 그땐 한 시간이나 5분이나 크게 다르지 않았으니까. 나는 제부도 해변에서 파도를 맞고 있었다. 내가 너무 떼를 써서 이모부가 나를 바다에 던졌다. 내 키가 너무 작아서, 까치발을 들어야 겨우 물 밖으로 코를 꺼낼 수 있었다. 파도가 밀려오면 숨을 쉴 수 없었다. 친척들이 고무보트를 타고 내 옆을 지나갔다. 얼른 고무보트에 타라고 했다. 하지만 나는 타지 않았다. 나는 여기서 살 거야. 아무에게도 말하지 않았지만 그렇게 결심했다. 거기서 까치발을 들고 있는 게 좋았다. 너무 괴로웠고, 이러다 죽을 것 같아 무서웠다. 하지만 그게 마음에 들었다. 죽을 수도 있다는 게 마음에 들었다. 나는 내가 밥을 안 먹어도 된다는 사실을 알고 있었다. 나는 먹지 않아도 죽지 않는 사람이었다. 그래서 나는 여기서 살 거라고 결심하곤 했다.

그러면 왜 거기서 살지 않았던 것일까. 왜 산에서 내려오고, 걸어서 해변으로 돌아갔던 것일까. 나는 분명히 거기서 평생 살 수 있다는 걸 알고 있었는데. 텔레비전에서 마라톤 선수들이 뛰고 있는 것을 볼 때마다 생각했다. 나도 할 수 있을 것 같아. 그때 나는 아무리 뛰어도 지치지 않았으니까. 아버지에게 항상 말하곤 했다. 난 200km도 뛸 수 있어. 그럼 뛰어보라고 했다. 나는 거실을 계속 뛰어다녔다. 지치지 않았다. 그렇게 나는 내가 아무리 뛰어도 지치지 않는다는 것을 입증했다. 나는 식당 주차장 귀퉁이에서, 인공 폭포 앞에서, 제주도 바다의 잠수함에서, 가족과 갔던 리조트에서, 운동장에서, 교실에서, 장미정원에서…… 영원히 혼자 살 수 있다는 것을 알고 있었다. 결심하곤 했다. 하지만 왜 포기했던 것일까. 아마도 추워서 그랬던 것 같다. 산이라서 해가 떨어지니까 추웠다. 물속에 계속 있었더니 추웠다. 춥지만 않았으면 어쩌면 나는 아직도 거기에 있을 거다. 나는 추운 것이 너무 싫다. 날씨가 싫다. 정확히 말하면 온도나 습도가, 분위기가 변하는 것이 싫다. 나는 모든 것이 영원히 박제되기를 바랐다. 백야처럼. 지평선으로 영원히 떨어지지 않는 태양처럼. 나는 여기서 살고 싶었다. 나는 항상 날씨가 없는 곳을 상상했다. 비가 오지 않고, 눈이 내리지 않고, 덥지도 않고 춥지도 않은 곳을 상상했다. 나는 사람이 없는 곳을 상상했다. 사람은 내게 날씨와 같아서, 나를 거기서 살 수 없게 만들었다. 집중할 수 없게 만들었다. 밥을 먹으러 가자는 사람이 있었다. 그들과 함께 점심이나 저녁을 먹다 보니 나는 배고픔을 아는 사람이 되었다. 사람들이 목도리를 하라고 해서, 겨울에 슬리퍼를 신고 다니면 발가락이 잘릴 거라고 자꾸 잔소리를 해서, 추위를 싫어하는 나는 추위에 더 약한 사람이 되었다. 그러니 지옥엔 날씨가 없었으면 좋겠다. 가족들에게 삐져서, 넓적한 바위 위에 가부좌를 틀고 앉았을 때. 세상이 이렇게나 고요할 수 있구나. 세상에 나랑 큰 바위랑 공기밖에 존재하지 않아. 그렇게 내가 더는 인간이 아닌 것처럼 느껴졌을 때. 배고프지 않았을 때. 나는 여기서 살고 싶었다. 파도가 쳐서 코에 물이 들어갔을 때. 이러다 죽겠구나 싶었을 때. 그런데 죽는다는 게 뭘까. 어쩌면 나는 죽지 않는 사람이지 않을까. 너무 어려서, 내가 죽을 수도 있겠다는 생각조차 할 수 없을 때. 그런데 죽을 것 같을 때. 나는 여기서 살고 싶었다.

　　나는 여기서 살 거야. 지옥의 어떤 커다란 바위 위에 옆으로 누워서. 나는 내가 너무 늙어버렸다는 것을 알게 된다. 춥지도, 배고프지도 않은데. 사람이 그립지도 않은데. 누군가가 내게 묻지도 않았는데. 누군가가 내게 물어보는 것 같다. 너는 여기서 살 거야? 그러면 나는 대답한다. 묻지 말라고. 네가 물어봐서 다 망쳤다고.

어느 편도 아닌
지옥

어느 편도 아닌 지옥은 존재할 가능성이 높다. 서사 창작자가 거기에 가지 않기 위해서는 항상 등장인물에게 텔레파시로 말해야 한다. 나는 지금 누구의 편도 아닌 것처럼 굴고 있지만 사실은 네 편이야. 하지만 내가 네 편이라고 해서 네가 불행에서 빠져나올 수 있는 것은 아니란다. 그래서 난 정말 미안해. 여기까지는 다른 창작자들도 가지곤 하는 죄책감일 것이다. 하지만 나는 절대로 어느 편도 아닌 지옥에 가고 싶지 않기 때문에, 속으

로 사과만 하고 끝내지 않는다. 작품에 등장한 존재
들에게 무슨 문제가 일어났다면, 그들을 등장시킨 창
작자에게도 나쁜 일이 일어나야 한다. 등장한 존재들
이 괴롭게 됐다면, 등장시킨 존재도 괴로워야 한다.
그래서 내 시엔 종종 마지막 구절에 내가 직접 등장한
다. 나는 말한다. 나는 이 시에서 누구의 편도 들지 않
는 척 굴었습니다. 하지만 저는 사실 B의 편이었습니
다. 결국 A는 행복하게 잘 살게 되고, B는 비극적인
최후를 맞았습니다. 그리고 저는 오늘 아끼던 화초를
잃었습니다. 저는 B를 잃었고, 화초도 잃어서 거의
죽을 만큼 슬픕니다. 여기까지 하겠습니다. 끝입니
다. 그렇게 인사를 하고 글 밖으로 나오는 것이 내가
하는 일이다. 문제는 내가 어렸을 때는 이렇게 하지
않았다는 거다. 미안하다고 속삭이지도, 네 편이라고
말해주지도, 직접 등장해서 누구의 편인지 천명하지
도, 나도 지금 꽤나 비극적인 처지라는 것을 독자들
에게 알리지도 않았다. 그래서 나는 어쩌면 어느 편도
아닌 지옥에 가게 될 것이다. 난 정말 거기 가고 싶지
않다. 나는 직접 등장해서 내가 누군가의 편임을 밝히
는 글을 아주 많이 써야 한다. 그래야 그 지옥에 가지
않을 수 있다.

난 그렇게 생각한다. 그 지옥엔 아마 음악가가 많을 것이다. 음악은 누구의 편도 아닐 때가 많기 때문이다. 만약 바그너가 사실은 누군가의 확고한 편이었다고 해도, 음악은 소리로 만든 것이고, 소리는 어느 편도 아니니까, 바그너는 어느 편도 아닌 지옥에 있을 확률이 높다. 그러니까 뭐든 창작을 했으면 어느 편도 아닌 지옥에 가게 될 가능성이 높은 거다. 당연히 정치인들은 대부분 어느 편도 아닌 지옥에 갈 것이다. 어느 편도 아닌 지옥은 사실, 온전히 자기편이었던 사람들이 가는 곳이기 때문이다. 그래서 거기엔 비평가들도 많이 가는데, 비평가들이 메타 비평을 많이 쓰기 때문이다. 비평가들은 비평가들이 비평가에 대해서 쓴 글을 비평하면서, 마지막에 꼭 다음과 같이 끝낸다. 자 이렇게 많은 입장들을 검토하였고……나는 일단 이들의 편이 아니고…… 내가 누구 편인지는 밝힐 수가 없고…… 밝힌다고 해도 나중이 될 것이며…….

내가 보기에 비평가들은 어느 편도 아닌 지옥에 가고 싶어서 미친 사람들이다. 하지만 비평가들은 분별을 잘 하는 편이니까, 어느 편도 아닌 지옥이 존재할 가능성보다 존재하지 않을 가능성이 높다고 판단

하고 있을지도 모른다. 하지만 일말의 가능성이라도 있다면, 조금은 조심하는 것도 나쁘지 않다고 생각한다. 물론, 물론, 비평가들이 너무 쉽게 누군가의 편을 든다면 그것도 그것대로 문제가 될 수 있다. 편들면 안 되는 사안도 있기 때문이다. 그러니 애초에 어느 편도 아닌 지옥에 가고 싶지 않다면 그 직업을 선택하지 않는 것이 좋고, 만약 이미 선택했거나, 누구의 편도 들지 않는 것이 자기 적성에 맞다면, 누구의 편도 들지 않은 비평글의 말미에 슬프다고 써보는 것은 어떨까? 그냥 무턱대고 슬프다고 써보라.

"내가 누구 편인지는 밝힐 수가 없고, 정해지지도 않았고, 나중에 더 말하기로 하겠으며. 슬프다."

이렇게 뒤에 슬프다고 쓰면 안 쓰는 것보다는 낫다. 왜냐하면 나는 당신이 알고 싶기 때문이다. 내가 당신의 편을 들어야 하는지 아닌지를 알아야 하는데, 그러려면 당신이 슬픈지 기쁜지를 알아야 하기 때문이다. 여기까지 써야겠다. 그리고 나는 창작자의 편이다. 그들이 어느 편도 아닌 지옥에 가는 것을 막고 싶다. 하지만 세상엔 창작자가 너무 많고 그들을 다 구원할 수는 없는 일이다. 오늘은 비가 왔고, 나는 카페에서 글을 썼다. 슬프다.

지옥으로 보낸
한 철

나는 내가 양심의 가책을 덜 느낀다는 사실에 죄책감을 느끼고 있다. 난 맞는 말을 하는 사람이 좋다. 그래서 학교가 좋았는데, 맞는 말을 하는 사람이 좀 있었기 때문이다. 나는 수긍하고 긍정하는 것을 정말 좋아하는 사람이라서, 누가 맞는 말을 하면 무의식적으로 고개를 세차게 흔들곤 했다. 어떤 선생님은 내가 하도 고개를 흔들어서 좀 난처하기도 했을 것 같다. 어쩌면 저렇게 재밌는 생각이, 멋진 지식이, 논리가 있을까. 세상은 좀 재밌는 것 같다. 그렇게 생각하면서. 동시에 나는 내 앞에서 말하고 있는 훌륭하고 매력적인 사람들을 모두 내 상상 속의 지옥으로 보냈다. 나는 그들의 말을 부정하고 싶은 게 아니었다. 나는 그들의 말이 틀렸다고 생각하지 않았다. 나는 대부분의 사람들이 극장에서 나오자마자 욕하는 영화를 보고 나서도, 좋은 점을, 기발한 점을, 꼰대의 훈수에서도 수긍할 만한 것을 찾아내고, 부풀려서 믿기를 좋아하는 사람이다. 고개를 끄덕이는 것에 중독된 사람이다. 그런데도 나는 사람들을 지옥으로 보냈다. 내가 학교 선생들을, 예술가를, 푸코와 리처드 파인만을 보낸 곳은 그들의 말이 틀리게 되는 지옥이었다. 내 의식은 반은 훌륭하고 지적인 사람들의 말을 들으면서 환희에 차 있었지만, 내 의식은 반은 그들을 슬프게 만드는 데, 당황하게 만드는 데, 맞는 말을 하면서도 점점 확신이 없어지는 상황 속에 위치시키는 데 쏠려 있었다. 누군가를 틀리게 되는 지옥에 보낼 때는 조심해야 했다. 내가 어떤 이를 시험에 들게 할 때, 그의 말이 옳은지 그른지를 역경 속에서 입증케 할 때, 내 망상은 흥미로운 것이 되지 못했기 때문이다. 나는 그의 논리를 파훼하고 싶은 게 아니었다. 나는 실로 그가 맞다는 것을, 그의 의

견과 감정이 가치 있다는 것을 깊이 긍정한 상태에서 일을 진행시켜야 했다. 그렇다고 너무 자비로워서는 안 됐다.

사랑해서 놀라게 하고 싶었어요. 그래서 당신에게 소중한 걸 줬어요. 나한테 소중한 거 말고요. 당신이 소중하게 생각할 만한 거요. 반려동물이나, 자식 같은 거. 어떤 사람에겐 이미 소중한 게 있었어요. 그걸 뺏었어요. 근데 지금 생각해보니 제가 준 것도, 뺏은 것도 별게 아니었던 것 같아요. 당신이 제 시를 읽었는지 아닌지는 모르겠지만. 아마 읽지 않았겠죠.

당신은 독일인이니까. 제 시는 영어로도 번역되지 않았으니까. 베르너 헤어조크. 어쨌든 저는 제 희곡에서 당신이 좋아하는 어디 코스타리카 정글 속에, 기쁘게 노래하는 것이 아니라 고통으로 울부짖는, 이름이 길고 어려운 새들의 무리 속에 당신을 던져놓았어요. 당신은 갑자기 어떤 소식을 들었어요. 당신이 영화를 찍고 있는 정글을 제외한 세계가 종말을 맞이했다는 소식을요. 당신은 이제 인류 마지막 영화를 찍게 되었고, 저는 그게 당신에게 얼마나 소중한 일인지 상상했어요. 그런 다음 저는 당신 영화의 배우들이 모두 정글 밖으로 달아나게 만들었죠. 당신은 사람들에

게 정글을 나가면 죽는다고, 인류 마지막 영화를 찍
자고 제안했는데. 사람들은 각자의 사정으로 영화를
찍기 싫었죠. 당신은 그래도 혼자 영화를 찍을 수 있
었어요. 나무를, 당신 자신을, 계곡을 필름에 담을 수
있었어요. 저는 당신에게서 카메라를 빼앗지 않았어
요. 저는 그냥 당신의 동료들만 도망가게 만들었죠.
도망가고 싶게 만들었어요. 어떨까요? 이게 당신에
게 지옥이긴 할까요? 작은 무인도를 사서 독재자가,
무인도의 왕이 되고 싶다는 친구에게 돈을 줬어요. 친
구는 섬을 샀어요. 친구는 벌레를 싫어하는데. 섬에
는 벌레가 많았어요. 섬에게 자의식도 줬어요. 자의식
만 줬어요. 손이나 발은 주지 않았어요. 입도 주지 않
았죠. 친구의 무인도에게 자의식이 무슨 의미가 있을
까요? 내 친구는 무인도를 꾸미다가 죽었어요. 벌레
로, 습기로 가득 찬, 전기가 없는 지옥 같은 섬을 살
만한 곳으로 만들다가. 반도 다 꾸미지 못하고 죽었
어요. 하지만 반은 꾸몄으니까. 거긴 이제 최원석에게
악몽도 지옥도 아니었는데. 최원석이 죽고 나서 최원
석의 친구들이 섬에 놀러 왔거든요. 친구들은 최원석
의 노고를 무시했어요. 여기가 최원석의 지옥이구나.
친구들은 생각했어요. 자의식을 가진 섬은 생각했어

요. 맞아. 나는 최원석의 악몽이었다가, 왕국이었다가, 다시 악몽이 되었지. 베르너 헤어조크. 당신이 그 섬을 촬영하러 왔어요. 당신은 내가 만든 최원석의 지옥에서 무엇을 느꼈나요? 맞는 말을 하는 사람들. 당신들이 너무 그럴듯해서. 내가 그 차분함을, 초연함을, 침착함을, 의연함을, 능청스러움을 너무 사랑해서. 그걸 내 상상 속에서만이라도 빼앗고 싶었어요. 그게 내가 당신들을 지옥으로 보낸 이유고요.

양심의 가책은 느끼지 않았어요. 재밌었어요. 슬펐고요. 두근거렸어요. 그래도 되는 줄 알았어요. 근데 그거 아세요? 이제 사랑하지 않는 것 같아요. 내가 사랑하는지도 몰랐죠? 근데 사랑하지 않는다고 하니까. 기분이 어떤가요? 귀찮은 어린애가 떨어져나가는 기분인가요?

나는 요즘 죄책감 속에서 살고 있어요. 당신이 내 지옥을 어떻게 생각하든 상관없어요.

더는 당신을 동경하지 않아요. 그래서 당신을 더 완전하게 만들고 싶지 않아요. 어차피 그럴 수도 없는 건데. 당신에게서 뭔가를 뺏으면. 당신이 더 완전하게 될 거라고 생각했어요.

그래서 지옥에 보냈어요. 동경했어요. 이제 나는

아는 것이 참 많고, 죄책감을 아주 많이 느끼고 있습니다. 더는 당신을 사랑하지 않게 되어서 죄책감을 느끼는 건지. 당신 모르게 당신을 귀찮게 했던 일을 후회하는 건지 모르겠어요. 알고 싶어요. 지옥으로 가야겠어요. 난 나를 사랑했어요. 괴롭혔어요. 내가 더는 그러지 않을까 봐 두려워요. 제발 내가 틀렸다고 말해주세요. 아니면…… 틀리게 되는 지옥으로 보내주든가.

무인도의 왕 최원석

나는 무인도다. 나의 왕은 최원석이다. 나, 무인도는 아직 최원석의 것이 아니지만 어차피 언젠가는 최원석의 것이 되지 않겠는가?

지금은

벌레들의 것이구나. 울퉁불퉁한 지면과. 폐에 나쁜 바닷바람의 것이구나.

나는 아직 나의 왕의 악몽이구나.

그리고

나는 다시 무인도가 되었다. 내가 이런 말을 하는 것은 내가 최원석의 것이었기 때문이다. 나는 다시 누군가의 악몽이 될 것이다. 내가 이런 말을 하는 것은 최원석이 죽었기 때문이다.

뒤늦게

최원석의 친구들이 놀러왔다가 못 놀고 최원석을 수습해갔다. 섬을 사서 독재자가 되겠다더니. 벌레만 죽이다가 죽어버렸군. 최원석은 수도관도 매설하였고. 유리로 된 건물들도 지어놨는데.

친구1도 친구2도 제 친구를 깎아내렸다.

오늘은

카메라 감독 한 사람과 영화감독 한 사람이 와서 최원석의 흔적들을 촬영하였다.

최원석이 마지막으로 남긴 말은 무엇입니까?

섬한테서 대답을 기대하는 양.

카메라가 쉴 새 없이
나를 찍었다.

배를 타고 떠나면서
계속 찍었다.

섬은 흘러가는 것처럼 보일 것이다.

급식소

지옥에 가면 살아서 먹다 남긴 음식을 다 먹어야 한다는 얘기를 들으면서, 그러면 맛있는 건 일부러 남겨야 하는 거 아니냐고 했어. 지옥에서도 바닷가재를 먹을 수 있으면 좋겠다고. 근데 거기 가면 음식을 다 섞어서 준대. 음식물 쓰레기통을 퍼 먹는 거래. 그 얘기를 처음 들었을 때, 처음으로 죽고 싶지 않다고 생각했어.

　나는 내 인생의 첫 괴로움을 기억하고 있어. 엄마가 자꾸 밥을 다 먹으라고 하는데, 난 도저히 밥을 다 먹을 수가 없는 거야. 난 울면서 그만 먹고 싶다고 하지만, 엄마가 보기엔 내가 너무 마른 애야. 난 아빠를 닮았고, 엄마는 내가 아빠보다 괜찮은 사람이 되기를 바라지.

하지만 난 계속 울고만 있어. 배가 부르고, 맛을 느낄 수 없고, 재미가 없어. 난 밥을 먹는 게 항상 너무 지루했어. 왜 매일 같은 시간에 같은 일은 반복해야 하는지 알 수 없었어. 나는 이제 밥을 아주 많이 먹어. 맛있는 걸 정말 좋아하지. 하지만 빨리 먹지. 왜 그렇게 빨리 먹느냐고 사람들이 물으면 이유가 너무 많아서 대답하기가 힘들어. 나도 잘 모르겠기도 하고.

근데 좀 억지처럼 들리겠지만. 난 아직도 종종 밥 먹는 시간을 견디기 힘들어하는 것 같아.

내 시간을 무언가에 통제당하고 싶지 않아. 빨리 해치우고 싶어. 좋아하는 사람들과 함께 밥을 먹는 즐거움이 뭔지는 나도 알아. 신기하고 멋진 경험으로서의 식사가 뭔지도 알고.

하지만 떼로 먹는 식사 시간과 장소의 끔찍함을 나는 그 어떤 즐거움보다 더 확실하게 알고 있지. 지옥은 급식소야.

하지만 나는 급식소에 가지 않을 자유가 있었다. 무상 급식이 아니었으니까, 부모가 알게 되면 분명 혼이 났겠지만. 나는 일주일에 네 번은 점심을 굶었다. 매점에서 무언가를 사 먹는 것도 싫었다. 매점이 급식소에 붙어 있어서 급식소 냄새가 났다. 종이 치면 급식소로 달려가기 위해 채비를 갖추는 애들이 있었다. 오늘 메뉴가 무엇인지 꿰고 있는 애들도 있었다. 쿵쾅거리며 계단을 내려가는 소리가 들리고, 갑자기 조용해지면 창문으로 뜨거운 햇볕이 쏟아졌다. 교실은 텅 비었고, 나는 수업 시간에 자던 잠을 이어서 잤다. 급식소 냄새가 싫었다. 밥 냄새, 오이 냄새, 김치 냄새, 국 냄새, 식판 설거지하는 냄새, 식판 말리는 냄새. 그 냄새들은 습기를 머금고 있었다. 축축하고 무거운 냄새에 짓눌려서 나는 계속 헛구역질을 했다. 급식에는 언제나 오이가 나왔다. 나는 영양사 선생님에게 물어보았다. 왜 이렇게 자주 오이가 나오느냐고. 값이 싸고, 건강에 좋기 때문이라고 했다. 오이가 나오지 않는 날에도, 급식소 특유의 젖은 냄새만 맡아도, 거기에 오이 냄새가 섞여 있는 것 같았다. 오직 나만 그렇게 예민하고 나약했다. 다른 애들은 냄새를 개의치 않고 잘만 먹는 것 같았다. 밥을 산더미처럼 퍼서 먹는 애들이 정말 많았다. 나는 살면서 단 한 번도 식판에 밥을 그렇게 많이 펐던 적이 없다. 밥을 쌓

아두면 급식소 냄새가 밸 것 같아서 그랬다. 밥을 남기고 싶지도 않았다. 남기면 짬통에 버려야 했다. 짬통에 음식을 버리는 게 싫었다. 지옥에 가면 오이냉국에 김치와 코다리찜이 부유하고 있다. 음식 남기지 말라고 지어낸 얘기일 수도 있잖아? 나도 알긴 아는데. 그래도 혹시 모르니까. 짬통에 음식물을 버리기 좋게, 선생님은 우리가 미리 국그릇에 음식을 섞기를 바랐다. 나는 언제나 밥을 조금만 퍼서 빨리 먹었고. 주위를 둘러보면 웃으면서 배식을 기다리는 애들, 고개를 처박고 먹는 애들, 씹으면서 떠드는 친구들, 그리고 국에 반찬이랑 밥을 모두 말아버리는 모습. 나중에 먹으려고 지금은 먹을 수 없게 섞어버리고 있어. 급식소를 날아다니는 파리들. 죽으면 급식소의 파리가 되는 게 아닐까. 그게 지옥일까. 파리 퇴치용 끈적이에 달라붙어 다 함께 죽어가기도 하고, 음식물 쓰레기통에 뛰어들어 알을 낳으려다가 국물에 빠져 죽기도 하고. 어쨌든 나는 급식소에 가지 않을 자유가 있었다. 급식소에 갔다가 온 애들의 몸에서는 음식 냄새가 났지만, 그 냄새는 습하지 않았다.

그러다 무슨 바람이 불어서인지, 나는 고3 때 급식소 배식 알바를 했다. 저임금으로 애들을 부려 먹으려고 만든 알바였다. 오직 고3만 그 일을 할 수 있었다. 배식을 하면 급식이 무료였고, 한 달에 5만 원 정도의 돈을 줬다. 알바생들은 학생들이 밥을 거의 다 먹고 난 다음에, 식어버린 밥을 먹어야 했다. 인기가 많은 반찬은 다 떨어져서 먹을 수 없기도 했다. 따로 빼놓기도 했다. 나는 원래 급식을 먹지 않는 애라서 괜찮았다. 냄새는 똑같이 견디기 힘들었고, 오이가 정말 많이 나왔다. 나는 같이 배식하는 친구들에게 양해를 구해서 오이는 배식하지 않았다. 더 달라고 하는 애들이 정말 많았다. 이렇게나 많은 애들이 뭔가를 매일 남보다 더 먹고 싶어 하는지 처음 알았다. 잘생긴 애들은 더 달라고 애교를 부렸다. 눈웃음을 치고, 나를 자기들이 지은 별명으로 부르고, 금방이라도 울 것 같은 표정으로…… 오늘 너무 슬프니까 닭강정을 두 개만 더 달라고 했다. 하지만 그러면 안 됐다. 한 번 봐주기 시작하면 모두가 요구하기 때문이라고 아주머니가 그랬다. 누가 아무리 귀엽게 굴어도, 재밌는 농담을 해도, 나는 웃지 않았다. 인상 좀 펴. 재수 없어. 그 애들은 나를 미워했고, 그럴수록 나는 더 철저한 사람이 됐다. 철저한 나는 우리반 친구들에게만 들키지 않게 뭘 더 챙겨줬고, 가끔 들켰다. 한 무리가 수군대면서 나를 쳐다본다. 왜 쟤들만 더 줘? 미친 새끼. 나는 시선을 회피한다. 오늘은 비가 온다. 급식실은 한층 더 축축하다. 바닥에 물이 고여서 누가 넘어졌다. 식판을 엎었다. 가서 주워 담으라고 한다. 오이소박이 때문에 못 치우겠어요. 오이 알러지가 있어서. 아주머니가 화가 난 것 같다. 가끔 칭찬도 듣는다. 얘가 참 배식을 잘해요. 정량으로. 음식이 너무 남지도 않고, 모자르지도 않고. 졸업하고도 계속 했으면 좋겠다 얘. 안 돼요. 다음 고3 애들에게 물려줘야죠.

군대 훈련소에선 급식을 내 마음대로 거를 수 없었고. 빨리 먹어도 다른 애들이 다 먹을 때까지 밖에서 열 맞추고 기다려야 했으며, 아내에게 전화를 하게 해준다는 거짓말에 속아 배식과 설거지를 한 달 동안 했지만, 혜택을 받지 못했다. 거기선 삼시 세끼 급식이었다.

어느 순간부터 나는 반찬이며 쌀밥을 모두 한 숟가락씩만 먹었다. 그렇게만 먹으면 안 된다고, 더 먹으라고 누가 내게 명령했다면 아마 나는 더 미쳐버리고 말았을 것이다. 더? 어쨌든 나는 군대에서 완전히 정신이 나가버렸고, 현역 부적격 심사를 받고 훈련소에서 퇴소했다.

농담이 아니라, 급식소가 큰 지분을 차지했던 것이 분명하다. 오이 냄새, 축축한 느낌, 파리 떼, 음식물 쓰레기, 육체와 마음의 통제를 조금도 못 견디는 인간은 원래 그렇게 사회에서 도태되어야 마땅한 것이다. 나는 나 같은 인간이 세상에 많지 않을 것이며, 많아서도 안 된다고 생각한다. 나도 급식을 혐오하는 내가 싫다. 급식실이 있는 세계에서, 무료 급식을 배식하는 야외 천막에서, 주일의 교회에서, 한식 뷔페에서, 사람들이 줄을 서서 뭔가를 먹기 위해 기다리고 있는 곳에서, 나는 세계의 식량난을 생각한다. 전쟁이나 기후 변화로 멸망 직전인 세계를 상상한다. 모두가 질 낮은 음식을, 축축한 급식소에서만 배급받아 먹게 되는 미래를 상상한다. 내가 안 먹으면 자기들 먹을 음식이 남아서 좋을 것이다. 거기서 나는 쓸모가 있을 것이다. 여기서 나는 나약하고 한심한 부적격 인간이지만, 거기서 나는 알아서 적게 먹는 인간이다. 담배 한 개비를 주고, 누군가에게 부탁해야지. 난 급식소에 들어가는 게 싫어요. 제발 나를 위해 대신 식판에 죽을 조금만 받아와줘요. 오이는 절대 가져오면 안 됩니다. 그러나 내 심부름꾼은 너무나도 멍청해서 오이를 가져온다. 오늘 반찬이 이것뿐이라면서.

귀신동굴

귀신동굴은 서울랜드라는 놀이공원에 있었던 지옥이다. 놀이공원이라면 하나씩 있는 어트랙션, 귀신의 집이다. 지금은 없다. 1회 투어 인원은 25명이다. 귀신동굴에 입장하면 엘리베이터를 타고 지하로 내려간다. 엘리베이터에 달린 스피커에서 저승사자의 목소리가 흘러나온다. 그는 우리가 지금 지옥으로 가고 있다면서, 지옥에 도착했을 때 하면 안되는 일에 대해서 알려준다. 지옥은 어두우니까 넘어지지 않게 조심해라, 소매치기도 조심해라, 소매치기 하지 마라,

귀신에게 손을 댄다든가, 사진을 찍는다거나, 저승사
자를 때린다거나 하면 큰 화를 입을 것이다. 그렇게
쭉 반말로 경고하다가 갑자기 존댓말을 한다.

"자, 잠시 후 저를 만나십시오!"

엘리베이터 문이 열리면 보물의 동굴이 나오고,
저승사자가 보물에 손대지 말라고 소리치며 우리 앞
에 등장한다. 그는 커다란 가면을 썼고, 커다란 방울이
달린 부채를 들었다. 저승사자의 목소리는 벽에 달린
스피커에서 나온다. 그는 우리들을 놀라게 하기 위해
부채로 벽을 때리면서 뛰어다닌다. 우리는 동양의 단
테나 오르페우스가 된 것처럼, 저승사자와 함께 길이
가 총 160m 정도 되는 한국형 지옥을 8분 동안 걸어
서 통과한다. 뛰면 혼난다. 우리의 목숨은 저승사자에
게 달려 있다. 그는 계속 한국의 전통 귀신, 요괴, 저승,
지옥에 대한 설명을 곁들이지만, 오디오 음질이 좋지
않아서 뭐라고 하는지 솔직히 잘 안 들린다. 염라대왕
도 만나고 처녀 귀신도 만난다. 나는 처녀 귀신을 무
서워하기 때문에 처녀 귀신을 만날 때는 실눈을 떴다.
처녀 귀신을 만날 때는 맨 뒤에 있으면 무섭기 때문에
중간이나 맨 앞에 섰다. 왜 지옥에 견우와 직녀가 있는
지 모르겠지만, 그 둘이 칠석날에 만났다 헤어지면서

이별의 노래를 부르는 것을 듣기도 한다. 혹부리 영감도 보고. 그러다가 갑자기 귀신동굴에 지진이 났다고 하면서 빨리 대피하라고 한다. 빨리 나가야 해! 갇히면 다시는 이승으로 돌아갈 수 없어! 그런데 뛰지는 마! 그리고 제발, 죄를 짓지 말고 착하게 사세요!

그렇게 출구로 나오면 보통은 날씨가 좋고 햇살이 눈부시다. 그리고 나와 내 친구들은 다시 대기줄로 가서 지옥에 들어가기를 고대했다. 우린 많으면 다섯 번, 여섯 번 연속으로 귀신동굴에 들어가곤 했다. 아마도 우리가 서울랜드 바로 옆에 살았기 때문인지도 모르겠다. 꼭 롤러코스터나 바이킹을 타지 않아도, 내일이나 모레 또 올 수 있으니까. 이미 다른 놀이 기구도 연속으로 열 번씩 탔으니까. 우리는 동네 산책을 나온 애들처럼 부모님 없이 자주 서울랜드에 갔다. 하지만 그렇다고 해도 귀신동굴을 한 번만 들어가는 일이 없었던 것은 좀 이상하다. 어쩌면 기구를 타는 것보다, 애들하고 대기줄에 서 있는 게 좋았던 걸까. 귀신동굴은 15분에 한 번씩 입장해야 돼서, 공원에 사람이 거의 없는 날에도 꼭 대기를 해야만 했다. 우리는 기다리면서 아이엠 그라운드 자기소개 하기를 했다. 그게 그렇게 재미가 있었다. 주말이거나 여름 방학이었고, 날씨가 좋았다. 그렇게 거기 서서 15분씩 아이엠 그라운드를 하기 위해서 계속 귀신동굴로 들어갔던 것일까. 그랬던 것 같기도 하다. 아니면…… 저승사자가 좋았든가.

저승사자들은 얼마나 열심히 우리를 안내했던가. 놀래주려고 어디 숨었다가 갑자기 뛰어오기도 하고. 손잡고 다니는 커플들 옆에서 더 꽉 잡으라고 방울을 흔들기도 하고. 아무리 생각해도 처녀 귀신 인형 빼고는 무서운 게 하나도 없었던 지옥에서, 누가 울거나 뒤쳐지면 춤을 추면서 응원하기도 했지. 생각이 다 나네. 난 11살쯤 된 초등학생이었고, 지옥의 처녀 귀신은 나를 여보라고 불렀다. 이리 와서 자기랑 함께 살자고 했다. 이게 뭐게요? 돈이에요 돈! 평생 호강시켜드릴게요! 귀신은 나를 유혹하려고 했다. 그러나 저승사자가 다음 장소로 빨리 가자며 방울을 울려댔고, 아무도 유혹당하지 않았다. 지진이 나서 동굴이 무너지면 우리는 출구를 향해 달렸다. 가끔 우리와 함께 이승으로 올라온 저승사자는 우리에게 손을 흔들었다. 또 보자는 것 같았다. 우리는 정확히 15분 후에 지옥에서 다시 만났다. 그는 우리를 잊은 것처럼 행동했다.

천국

어렸을 때 읽은 만화에 따르면, 지옥과 천국에서는 음식을 먹을 때 길이가 1미터쯤 되는 긴 젓가락으로만 먹어야 한다. 지옥 사람들은 젓가락이 너무 무겁고 긴 탓에 음식을 집어 입에 넣지 못해서 항상 굶기만 한다. 천국 사람들은 서로에게 먹여주기 때문에 웃으면서 식사를 즐긴다. 천국과 지옥은 실상 똑같은 곳이고, 사는 사람만 다르구나. 그 만화를 보기 전까지 나는 내가 당연히 천국에 갈 줄 알았다. 하지만 그 만화에 그려져 있는 천국의 사람들이 별일 아닌 것에도 계속 웃고, 할 필요가 없는 말이나 칭찬만 하고, 남이 집어주는 아무 음식이나 잘 먹는 것을 보면서 혼란스러워지기 시작했다. 정신이 이상한 사람들 같았다. 그렇다고 지옥 사람들에게 친근감을 느꼈던 것도 아닌 게, 매일 밥을 못 먹었으면 가끔은 협동할 만도 한데, 욕심이 많고 이기적인 게 아니라 그냥 멍청한 놈들 같았다. 죽으면 큰일 나겠네.

물론 나는 지옥이 싫지 않고, 지옥이 하나만 있는 게 아니라 거의 무한에 가까울 만큼 많은 지옥이 있어서 지옥에 가면 계속 새로운 지옥으로 여정을 떠날 수 있다고 믿고 있다.

하지만 문제는 저승에 관심이 많은 대부분의 사람들이 한번 지옥에 가면 천국에는 영원히 갈 수 없다고 믿고 있다는 거고, 젓가락 얘기에서 알 수 있듯이 천국과 지옥이 실상 별반 다르지 않다면…… 그렇게 규칙을 만들어서라도 차별점을 줘야 되는 거 아닌가, 니도 그렇게 고개를 끄덕이게 된다. 그러니까 천국이 지옥보다 고지대에 위치하기 때문에 망원경으로 지옥들을 내려다보고 구경할 수 있지만, 지옥 사람들은 아무리 올려다봐도 천국 구경을 제대로 못 하는 거다. 어쩌면 자기들이 살고 있는 세상이 어떻게 생겼는지도 제대로 알 수 없을 거다. 지옥에 살면 지옥평평설 같은 걸 믿을 수밖에 없는 거다.

대부분의 종교나 창작물에서 천국은 보상의 개념이다. 어느 천국으로 가고 싶은지도 정하지 않았지만, 천국이 행실의 보상이라는 건 나를 미치게 한다. 아무리 생각해도 보상을 바라고 한 선행은 보상을 바라지 않고 한 선행보다 급이 낮기 때문이다. 그래서 나는 남에게 잘해줄 때 항상 속으로 중얼거린다. 뭘 바라고 하는 일이 아니야. 천국에 가려고 저 사람을 돕는 게 아니야. 저 사람이 내가 한 일을 잊어도, 영혼 행실 기록부에 내가 한 일이 적히지 않아도 상관없어. 난 보상을 바라지 않았는데 그냥 저절로 이타적인 행동을 하게 된 거야. 휴, 나는 왜 이렇게 좋은 사람인가? 어쩌면 천국에 가게 되는 거 아니야? 아니야! 그렇게 생각하면 안 돼. 나는 천국에 가려고 좋은 일을 한 게 아니고, 게다가 난 거의 무신론자이고, 천국이라는 게 세상에 없다고 믿으면서 살고 있어. 그런데 그러니까, 궁극적으로는 천국엔 나 같은 사람이 가게 되는 게 아닐까? 아니라니까? 나는 남이 은혜를 갚는 걸 싫어해.

은혜 갚는 인간들이 얼마나 부담을 주는지 잘 알

고 있잖아? 게다가 나는 증여론도 싫어하지. 내가 잘해주고, 남이 잘해주고, 다시 내가 남에게 잘해줘야만 하는 게 싫어. 사는 것도 귀찮아 죽겠는데, 계속할 일이 늘어나잖아? 고맙죠? 그럼 나 말고 다른 사람에게 잘해주세요. 나는 당신에게 의무감으로 잘해주고 싶지 않으니까요. 내 생각엔 의무감으로 잘해주거나, 선량하고 품이 넓은 사람으로 기억되고, 인맥도 생기고, 그래서 일감이 떨어지지 않고…… 그렇게 누구에게나 좋은 인상을 심어주면서 풍족한 삶을 살면 천국에 못 가요. 물론 천국에 갈 생각도 없고, 천국은 없지만. 그러니까 오늘 나를 만난 것을 잊고, 내가 당신을 감동시킨 것을 잊어요. 뭘 자꾸 갚으려고 하면, 모든 게 축의금이나 조의금이 되는 거야. 앞으로는 봉투에 이름도 쓰지 말아야겠네. 머릿속에서 천국이라는 단어를 제발 좀 지워. 의식하지 않아야 천국에 갈 수 있다니까? 의식하지 않아야 한다는 사실도 의식하지 마. 나는 천국이라는 단어를 모른다.

천국을 상상한 사람들이 묘사한 천국은 구체적이고 말초적인 보상을 주는 경우가 대부분이다. 난 그게 정말 마음에 들지 않는다. 7명의 하인을 부리면서 특별한 술을 마시고, 혼인 잔치가 매일 있고, 가장 행복한 결정적 상태를 얻는다는 것이 뭔지는 모르겠지만 나는 솔직히 말하면 그렇게까지 행복하고 싶지 않아요. 그러면 내가 여기서 한 일이 죄다 거기서 얻게 될 72명의 처녀를 위한 게 되잖아. 난 여기서, 여기를 위해서, 오늘 만난 사람이 웃기를 바라면서 한 일인데. 지구에서 내가 한 말이나 행동이 모조리 다 수단이나 도구가 되는 것 같잖아. 난 슬퍼서 행복했어요. 내 품에 안긴 고양이가 불쌍해서 행복했고, 그게 내 행복이라는 사실이 처량해서 내가 좋았어요. 그래서 나는 천국 대신 지옥으로 가야겠다고 마음을 먹었다. 지장보살이 내 롤 모델이었다. 지장보살은 지옥에 빠진 모든 중생이 제도될 때까지 성불하지 않겠다면서, 지옥에서 사람들을 도우며 살고 있다고 한다. 그게 딱 내가 원하는 일입니다. 뭘 바라지 않고, 그냥 사람들이 불쌍해서 같이 있는 거. 그게 진짜 멋진 일인 것 같아요. 그렇게 세상에서 가장 멋진 보살님이 되고 싶다가도, 혹시 이게 지장보살의 큰 그림이 아닐까? 다른 부처나 기독교 성인이나 초월자들이 가는 천국은 1단계 천국이고, 지장보살은 VIP 천국에 가게 되는 게 아닐까? 지옥에서 많이 힘들었으니까. 억겁의 세월에 대한 보상이 있을 것이다. 얼마나 큰 보상일까? 만약 지장보살이 보상을 노리고 지옥에 살고 있다면, 그런 심보로는 아마 VIP 천국에 갈 수 없을 것이다.

인류가 멸종하고 지옥이 텅텅 비어서 더는 구원할 중생이 없고, 드디어 지장보살이 천국에 가게 되면, 거기 사는 사람들이 지장보살을 엄청 칭찬하겠지. 진짜 대단하다고. 니가 제일 착하다고 추켜세우겠지. 만약 내가 그런 칭송을 듣는다면 얼마나 부담스러울까? 난 그냥 사람들이 고통받는 게 싫어서 지옥에 있었을 뿐이고, 천국 와서 칭찬을 들으려고 한 일은 아닌데요……. 그러면 또 사람들이 역시 지장보살이라고 우러러보겠지. 우러러보지 마세요. 난 보상을 바라고 한 일이 아닙니다. 그리고 보상을 바라면 천국에 못 가요. 에이 지장보살님. 이미 우린 모두 천국에 있어요. 그러나 나는 아직도 여기가 천국이 아니라고 느낄 것이다. 분명히 보상을 바라지 않았던 사람을 위한 공간이 따로 있을 것이다. 그러니까 천국은 지옥과 별반 다르지 않다. 지옥이 무한히 많은 것처럼 천국도 항상 하나 더 있을 것이다. 물론 조금은 다르겠지. 다음 천국은 조금 더 하늘에 가까울 것이다.

카론

저승으로 가려면 아케론이라는 강을 건너야 하고, 저승의 뱃사공 카론의 나룻배를 타야 한다. 카론은 뱃삯으로 꼭 동전 한 푼을 받는다. 그래서 노잣돈으로 시체의 눈 위에 동전을 덮어주는 풍습이 생겼다고 한다. 내가 걱정하는 것은 두 가지다. 강을 건너기까지 소요 시간이 얼마나 되나? 카론과 원활히 대화할 수 있을까? 신화에서는 카론이 오르페우스의 음악도 감상하고, 규칙상 망자만 태워야 함에도 산 자에게 속아서 승선을 시켜주기도 하는 등, 어쩐지 대화가 가능한 것으로 묘사되기도 한다. 하지만 간과해서는 안 되는 것이 하나 있다. 과연 카론이 한 사람일까? 과거보다 인구가 많이 늘어서 지금 이 순간에도 죽는 사람이 태어나는 사람보다 많은데. 아마도 카론은 원래도 그랬겠지만, 이제 개인의 이름이 아니라 직업의 명칭일 것이다. 아케론강 기슭에 도착하면 공항의 택시 기사나 남아시아의 릭샤꾼처럼 카론이 바글바글할 것이다. 한 나룻배에 6명이 탑승할 수 있고, 친구 6명이랑 동시에 죽은 것이 아닌 이상 중개 사무소를 통해 팀을 꾸리게 될 것이다. 나는 다행히도 한국 사람 다섯과 매칭이 되었다. 나는 영어를 잘하지 못하지만, 나머지 사람들은 영어를 할 줄 안다. 10원짜리 보트를 타시겠어요, 500원짜리 보트를 타시겠어요? 우리는 100원짜리에 타기로 한다. 우리는 우리에게 배정된 카론을 만난다. 그는 한국어도, 영어도 모른다. 그는 파키스탄의 촌구석 출신 카론으로, 파키스탄 사람들도 잘 못 알아듣는 사투리를 쓴다.

　　과거에 비슷한 경험을 한 적이 있다. 보트는 아니었고, 지프차였다. 나는 여행지에서 만난 한국 사람들과 팀을 이뤄 중개 사무소를 찾아갔다. 일단 우리는 기차역이 있는 도시까지 가야 해요. 이동 수단이 뭐가 있죠? 아아, 지프차요? 얼마나 걸리죠? 열세 시간이요? 좋습니다. 새벽에 도착하겠군요. 호스텔을 예약해 주세요. 그러면 거기서 잠깐 자고…… 아침에 기차를 타려고 해요. 기차도 예약해주세요. 고맙습니다. 지금이 오전 11시인데, 몇 시에 출발하죠? 당장이요? 그래서 우리는 짐을 들고 길에서 지프차 기사를 기다렸다. 그는 오후 1시에 우리 앞에 나타났다. 왜 이렇게 늦게 왔어요? 그는 묻는 말에 대답하지 않았다. 중개인에게 물었다. 왜 이렇게 늦었어요? 아, 이 사람은 당신들이 가려는 도시에서 왔어. 지금 막 도착한 참이지. 산사태로 터널이 막혔대. 우회해야 돼서…… 너희들도 한 시간 정도 늦게 도착할 거야. 그리고 이 사람 영어를 못해. 대신에 싸잖아? 좋은 가격이지? 알겠어요. 지프차 기사는 터번을 쓴 털보였다. 얼굴 반절이 수염으로 뒤덮인 통통한 중년 남성이었고, 풀어헤친 앞섶엔 풍성한 가슴털이 땀에 푹 절어 있었다. 털보는 시동을 걸었다. 그가 제일 처음 우리를 데리고 간 곳은 야채 가게였다. 그는 우리에게 아무 말도 하지 않고 차에서 내렸다.

우리는 털보가 시동을 끄고 내린 끔찍하게 뜨거운 지프차에 남겨졌다. 뭐지? 야채를 사는 것 같은데? 장을 보는 건가? 왜 저렇게 오래 걸리지? 털보는 야채 상자를 트렁크에 실었다. 이제 정말 이 도시를 떠나는 건가? 그러나 20분가량 달려 도착한 곳은 유제품을 파는 가게였다. 차에서 내린 털보는 염소젖 상인과 흥정을 시작한 것 같았다. 상인과 담배를 나누어 씹으면서 계속 시간을 끌었다. 다음으로 도착한 곳은 피클 가게였다. 우리는 털보에게 화를 내고 싶었지만, 우리가 할 수 있는 말 중에는 그가 알아들을 수 있는 말이 없었다. 아마도 이 아저씨가 부업으로 택배를 하는 것 같아. 아니면 우리가 무역상의 지프차에 덤으로 실린 승객인가? 우리 이러다 기차 놓치는 거 아니야? 에이, 아니겠지. 베테랑이라고 했잖아. 다 생각이 있겠지. 좋게 좋게 생각하자. 드디어 도시를 빠져나왔다. 모두 긴장이 풀린 탓인지 꾸벅꾸벅 졸기 시작했다. 털보가 조수석에 앉은 친구의 어깨를 흔들었다. 그는 친구를 검지로 가리키고, 손을 포개어 자기 머리에 가져다 댄 다음, 다시 검지로 자기 자신을 가리키고, 손을 포개어 자기 머리에 가져다 댔다. 잠에서 깬 친구는 영문을 몰랐다. 털보는 다시 반복했다. 왓? 파든? 털보는 다시 반복했다. 저기, 이 사람이 뭐라고 하는 거죠? 우리는 모두 잠에서 깨어 털보를 쳐다봤다. 함께 머리를 맞대고 해석하니 얼마 지나지 않아 이해할 수 있었다. 니가…… 자면…… 나도…… 잔다? 조수석에서 자지 말라는 것 같은데? 뭐? 돈을 내고 탔는데 조수석에 앉았다고 잠도 자지 말라고? 아니, 원래 조수석에 앉으면 안 자는 게 매너 긴 하잖아. 하지만 우린 승객이라고!

　　조수석에 앉은 친구는 털보에게 OK사인을 보냈다. 조수석 친구가 이따가 자리를 바꿔달라고 하면 어떻게 하지? 다들 겁에 질린 것 같았다. 너무하는 거 아니야? 우린 승객이잖아? 사람들이 계속 시끄럽게 떠들어서 나는 좀 걱정이 됐다. 그래도 이 아저씨가 우리보다 나이도 많고, 게다가 솔직히 다 알아듣고 있는 것 같은데. 너무 예의 없이 굴면 한국인 이미지 나빠지는 거 아니야? 걱정을 하고 있는데, 갑자기 털보가 핸들을 꺾었다. 큰 길에서 벗어나 어느 작은 마을로 들어갔다. 차에서 내린 털보는 손바닥을 쫙 펼쳐 보였다. 그러더니 새끼 손가락만 빼고 다른 손가락은 다 접었다. 이건 또 무슨 뜻이지? 새끼 손가락이면 마지막 손가락이잖아. 제일 끝 일? 화장실 갔다가 오라는 거 아니야? 그래서 다들 화장실에 다녀왔는데, 털보가 없었다. 당황한 우리들은 털보를 찾아 마을을 돌아다녔다. 털보가……식당에서 혼자 밥을 먹고 있었다. 거긴 우리가 아는 그런 평범한 식당이 아니었다. 식재료를 맡기면 알아서 요리를 해서 내주는 식당이었다. 그러니까 털보는 아까 야채가게에서 산 야채로 자기 끼니만 때우고 있는 거였다. 새끼 손가락이 밥이구나.

털보가 문을 잠그고 내려서 지프차에 들어가 있을 수도 없고. 우리는 길바닥에 앉아서 털보가 돌아올 때까지 기다렸다. 밥을 무슨 한 시간이나 먹냐. 벌써 해가 지고 있었다. 아직 크게 잘못된 것은 하나도 없는데, 곧 크게 잘못될 것 같다는 느낌이 들었다. 어쨌든 우리는 다시 출발했고, 터널이 무너진 곳에 도달했고, 그건 우리가 아직 반도 안 왔다는 걸 의미했다. 정체 구간이 풀릴 때쯤 되자 컴컴한 산길로 접어들었다. 너무 어두워서 전조등이 비추는 곳 말고는 아무것도 보이지 않았다. 털보가 기침을 하기 시작했다. 처음엔 가끔씩 쿨럭거렸는데 점점 간격이 줄어들었다. 그러더니 기침에 구역질이 섞이기 시작했다. 딸꾹질도 했다. 우리는 아주 싸가지가 없는 한국인들이었고, 아무도 털보를 걱정하지 않았다. 참 가지가지 한다……. 누군가 그렇게 중얼거렸다. 어휴, 그냥 토를 하세요! 토를 하라니까? 조수석에 앉은 친구가 소리 쳤다. 털보가 창문을 내렸다. 우리는 비명을 질렀다. 털보는 액셀을 밟은 채로, 절벽을 끼고 돌면서, 창밖 으로 상반신을 내밀고 토를 했다.

뭐, 안 죽었으면 됐지. 난 오히려 털보가 무슨 중 병에라도 걸린 거 아닌가, 매일 이렇게 험악한 산길 을 온종일 운전하느라 건강이 엄청 안 좋아진 게 아닌 가, 걱정이 되기도 했다. 그는 운전대 앞에 있는 커다 란 수건으로 수염에 묻은 토사물을 닦았다. 토 냄새 가 차 안을 가득 채웠다. 토 냄새는 오이 냄새였다. 털 보가 저녁으로 오이 카레를 먹은 것 같았다. 나는 오 이에 열을 가해서 요리를 해 먹는 사람들을 이해할 수 없다. 오이를 가열하거나 구워서 먹는 식문화가 지금 보다 대중적으로 세계 곳곳에 퍼진다면, 사람들은 아 무 음식에나 오이를 넣기 시작할 것이고, 그러면 나는 더는 온 세상의 냄새를 견딜 수 없을 것이다. 살아갈 자신이 없게 될 것이다. 그날 그 지프차 안에서 오이 토 냄새를 맡으면서, 나는 연신 헛구역질을 해댔다. 버틸 자신이 없었다. 창문을 열어도 냄새가 빠지지 않 았다. 털보는 토를 닦은 수건을 다시 접어서 운전대 위에 올려놓았다. 나는 수건을 노려보았다. 저것만 창 밖으로 던져버리면 숨을 쉴 수 있을 것 같은데. 하지만 말이 통했어도 털보에게 그 수건 좀 제발 버리라고 명령할 수 없었을 것이다. 나는 명령을 못 하는 사람이니까. 게다가 그 수건이 너무 커서, 버리기엔 좀 아까운 것 같았다. 그렇게 두 시간쯤 더 달렸다. 이제 다섯 시간 후면 기차가 있는 도시에 도착한다. 조금만 더 버티자. 그렇게 버티는데 털보가 차를 세웠다.

산 정상에 있는 마을이었다. 우리는 마을에 딱 하나 있는 가로등 밑에 정차했다. 털보는 우리에게 손가락 세 개를 들어 보였다. 손가락 세 개가 뭔지 이해할 수 없었다. 그는 웃으면서 작은 천 쪼가리를 가져와서 깔았다. 그리고 커다란 수건을 가지고 와서 그 옆에 깔았다. 그러더니 작은 천 쪼가리에 누웠다. 다시 손가락 세 개를 펼쳤다. 쉬고 가자는 것 같았다. 30분 쉬자는 것 같았다. 지금 출발해도 새벽 3시에 도착하게 되는데. 기차는 오전 8시에 타야 되고. 이래도 되나? 알 수가 없었다. 말도 통하지 않아서 화를 낼 수도, 협상을 할 수도 없었다. 30분만 참자. 30분은 금방 지나가니까. 우리는 그가 깔아준 커다란 천에 앉으려고 했다. 그러나 그가 깔아준 것은 돗자리나 이불이 아니라 아까 토를 닦은 수건이었다.

수건에는 커다란 호랑이가 그려져 있었다. 어이가 없어서 웃음이 나왔다. 몇몇은 그대로 차에 타고, 몇몇은 길바닥에 앉아서 시간이 지나기를 기다렸다. 30분이 지났지만 털보는 잠에서 깨지 않았다. 우린 그제서야 우리가 기다려야 하는 시간이 세 시간이라는 것을 알게 되었다. 측은한 마음이 들었다. 털보는 매일 같은 길을 오고 가는 사람이었던 것이다. 승객이 없어도 택배 일을 하면서, 어쩌다 쉬는 날이 아니면 집에 돌아가지 않고, 왕복 26시간 걸리는 길에서 하루를 다 쓰는 인간이구나. 집에 가서 잘 시간도 없으니까 매일 밤 산 정상에 와서 이렇게 돗자리 하나만 깔고 쪽잠을 자는 거였다. 기차를 놓치면 어쩌나? 그런 걱정은 사치였다. 마을이 위험했기 때문이다. 어두운 골목에서 청소년인지 어른인지 분간이 안 되는 두 사람이 걸어왔다. 그러더니 무너진 벽에다가 술병을 던졌다. 돌멩이도 던지고. 노는 건지 화가 난 건지 분간할 수 없었다. 취객이거나 깡패 같았다. 차에 들어가 있을걸. 지금 움직이면 들켜서 큰일이 날 것 같았다. 쳐다보지 말자. 담배나 피우자. 그래서 우리는 그 사람들이 갈 때까지 숨을 참았다. 그 사람들은 가지 않고 계속 벽에다가 잡동사니를 던졌다.

너무 무서웠다. 그들은 다행히 우리에게 관심을 가지지 않았다. 세 시간이 지났다. 털보는 알람도 없이 일어나서 차에 타라고 했다.

새벽 6시가 되었다. 우리는 기차역 앞에 도착했다. 호스텔에 내려주지 않았지만 항의하지 않았다. 기차역 앞에는 기차를 기다리는 사람들과 팔다리가 없는 노숙자들이 한가득이었다. 그들은 모두 땅바닥에서 잠을 자고 있었다. 어떻게 하지? 일단 기차역으로 들어가보자. 이 나라의 기차역에는 잠깐 잘 수 있는 숙소가 있대. 그렇게 회의를 하고 있는데 털보가 손바닥을 내밀었다. 뭐 어쩌라는 거지? 말이 통하지 않았다. 우리는 그냥 가려고 했는데 털보가 소란을 떨었다. 큰 소리에 사람들이 몰려들었다. 어떤 아저씨가 털보의 말을 통역해줬다. 시간이 너무 오래 걸렸기 때문에 요금을 더 받겠다는 거였다. 아니 당신이 잠을 자느라고, 밥을 먹느라고, 볼일을 보느라고 늦었는데 왜 돈을 더 달라는 기죠? 통역해주세요. 그런 건 모르겠고, 터널을 우회해서 오느라고 여섯 시간이나 더 걸렸으니까 돈을 더 달래.

다시는 만나고 싶지 않은 사람을, 지옥에서 다시 만난다면 어떤 기분일까. 다시 만난 그 사람이 카론이라면 어떨까? 당신은 이승에서 돈을 더 달라고 깽판을 부렸죠. 그것도 원래 운임의 절반쯤 되는 돈을 더 달라고 했어요. 사전에 아무런 협의도 하지 않았는데요. 당신은 당신하고 말이 통하는 구경꾼들에게, 우리가 돈 떼먹고 도망간다고 소리를 쳤죠. 우린 너무 화가 났지만 이미 너무 지쳤고, 더는 당신과 함께 있고 싶지 않았어요. 조수석 친구가 지갑에서 돈을 꺼냈죠. 그리고 당신의 가슴털에 돈을 들이밀었죠. 땀에 절은 가슴털에 돈이 달라붙었죠. 당신은 가슴에 붙은 돈을 떼어내서 주머니에 넣고, 마치 신에게 기도하듯이 합장을 하고, 하늘로 손날을 흔들었죠. 감사 인사였던 것 같아요. 난 그날 이후로 당신 생각을 떨쳐낼 수 없었어요. 마지막에 우리가 당신 가슴에 돈을 붙인 일이, 너무 무례했던 거 아닌가? 가끔 후회가 되기도 했어요. 내가 당신을 너무 미워했었기 때문에, 당신을 욕하고, 이렇게 당신과 있었던 일을 사람들에게 들려주었기 때문에, 내가 지옥에 가서 벌을 받게 되는 거 아닌가? 그래서 두려움에 떨었어요. 그리고 당신은 여기서 카론으로 일하고 있네요. 중개인은 무슨 일이냐고, 배를 타지 않으면 소멸할 수 있다고 경고한다. 중개인들이 제일 사악한 놈들이야. 나쁜 새끼들.

지옥의 중개인들은 죄다 악마 새끼들이다.

케르베로스

세모병원은 1991년에 짓기 시작한 건물이다. 1997년 IMF 구제금융 위기로 공정률 70% 상태에서 시공회사가 도산하고 20년 넘는 시간 동안 흉물로 방치되었다. 랜드마크를 보유하는 데 진심이었던 우리 도시는 얼마나 살기 좋았던가. 우리 도시에 처음 온 사람들은 입을 모아 칭송했다. 이 도시엔 없는 게 없군요. 깨끗하고, 정겹고, 자연 친화적이고, 노인정도 많고, 아이들도 많고, 듣자하니 공무원이 가장 많이 사는 도시라면서요? 맞아요, 아주 평화롭죠. 그렇다고 끔찍한 살인 사건이 없었던 것도 아니랍니다. 존속 토막 살인이 한 번 있었죠. 변두리에 폐허도 있어요. 저 커다란 노란색 건물이죠. 저 병원을 완공하려면 2천억 원이 필요하다고 해요. 그러니까 몇십 년은 더 저 상태로 있을 거예요. 얼마나 멋진 일인가요? 우리 도시에 큰 병원이 있느냐고 누가 물으면 세모병원을 알려주면 돼요. 어떤 짓궂은 사람이 우리 도시에 와서, 이 도시엔 없는 게 없다면서요? 흉물스러운 폐허나 공장 같은 건 있습니까? 그러면 손가락으로 세모병원을 가리키면 되죠. 세모병원은 우리 도시를 완전하게 해줍니다. 노래하는 분수와 호국 열사 위령비, 국내에서 가장 먼저 도입된 자전거도로처럼요.

나는 세모병원이 좋았다. 그 병원은 얼토당토않은 소문을 만들어서 도시 사람들을 재밌게 해주었다. 병원 가까이에 어느 가문의 산소가 있다는 것이었다. 실제로 바로 뒤편에 무덤이 몇 개 있었다. 그러니 부정을 타서 시공사가 부도났을 거라는 주장엔 근거가 있는 셈이었다. 또 자주 떠돌았던 소문은 마약 중독자들이 거기에 살고 있다는 얘기였다. 세모병원 근처에 살았던 김인식은 중독자들이 페인트 깡통에 불을 피우고 매일 밤 파티를 한다고 했다. 병원 창에 불이 어른거리는 것을 직접 보았다고 했다. 그런데 우리 도시는 너무 평화로워서 대부분의 가게가 저녁 8시면 문을 닫고, 아주 잘 사는 집을 제외하고는 아무도 현관문을 잠그지 않았다. 가끔 도둑이 들긴 했지만, 우리 도시엔 정말로 없는 것이 없었기 때문에 도둑쯤이야 있을 법했고, 없으면 되려 섭섭했을 것이다. 게다가 아주 가끔만 털렸기에, 주민들은 빈집 털이범을 두려워하기보다는 그저 도둑맞은 이웃이 조금 운이 없었던 것으로 치부하곤 했다. 아주 무더운 여름날에는 동네 사람들이 돗자리 하나만 들고 나와서 공원이나 초등학교 운동장 바닥에 깔았다. 다 같이 잠을 잤다. 아무도 현관문을 잠그고 나오지 않았다. 우리 도시는 그렇게나 안전하고 평화로웠다. 도저히 마약 중독자가 있을 법하지 않았다. 그럼에도 세모병원에 사람이 산다면 그들은 내부인이 아닌 것이 분명했다. 우리 도시는 외부인을 철저히 배척하기로 유명한 곳이었으므로, 분명히 거기 뜨내기들이 살고 있다면 시 차원에서 대대적인 단속을 했을 것이다. 오히려 나는 거기 누가 살고 있기를 간절히 바랐다. 외국에는 폐허를 불법점유해서 사는 사람들이 많다고 들었고, 어쩌면 나도 나중에 그런 삶을 살아보면 어떨까? 하는 꿈을 꾸면 기분이 좋았다. 세모병원에서 살면 좋겠는데. 이미 누가 살고 있는 것은 아닐까? 정말로 마약 중독자 집단일까? 침대를 어느 방향으로 뒀을까? 찬 바람은 어떻게 막을까? 음식은 밖에 나가서만 먹는 것일까? 건설용 차폐막 때문에 나갔다 들어왔다 하기가 힘들 것 같은데. 발전기를 놓고 사용할 수는 있을까?

나는 대학 수능 시험을 치렀고, 수시로 대학에 붙어서 고등학교에 더는 나가지 않게 됐다. 그래서 시간이 아주 많았으므로, 학교에 가지 않는 동네 친구들과 차가운 겨울 공기를 맞으며 아무 데나 돌아다니는 것이 하는 일이었다. 어쩌다 보니 우리는 세모병원 앞에 있었다. 들어가보자. 누가 제안했는지는 모르겠지만 우리는 거기 들어가기 위해서 안간힘을 썼다. 처음엔 차폐막을 넘어보려고 했다. 너무 높아서 불가능했다. 비집고 들어갈 틈을 찾기 시작했다. 커다란 병원 주위를 하염없이 뱅뱅 돌면서, 차폐막이 구겨진 곳이나 찢어진 부분을 발로 꽝꽝 차고 다녔다. 얼마 안 있어서 우리는 한쪽 울타리를 박살내고, 좁은 틈으로 몸을 비집어 넣었다. 아직 한두 명 더 들어와야 하는데. 어디선가 개와 할아버지가 달려왔다.

"나가! 여긴 사유지야!" 우리는 너무 깜짝 놀랐

지만 이미 들어오고 있는 애가 있어서 들어온 구멍으로는 나가지 못했다. "죄송해요. 몰랐어요. 죄송해요. 그런데 저 구멍으로 다시 나가려면 너무 오래 걸려요." 할아버지는 따라오라고 했다. 자물쇠를 따고 차폐막을 밀어서 활짝 열었다. "여기가 어디라고 들어와? 나가! 여긴 사유지야!" 우리는 고개를 조아리며 밖으로 빠져나왔다. 할아버지는 천천히 문을 닫았고, 차폐막 너머에선 개 짖는 소리가 새어 나왔다. 안에 잠깐 들어갔다 나왔는데도, 안이 어땠는지 생각나는 것이 하나도 없었다. 솔직히 그날 이후로 세모병원을 생각해도 별로 두근거리지 않았다. 원래도 사유지라는 것은 알고는 있었는데, 매몰차게 쫓겨나면서 뼈저리게 알았다고나 할까? 세모병원으로 이상한 상상을 하려고 하면 사유지니까 나가라는 말이 떠올랐다. 그 어떤 환상도 작동하지 않았다. 이제 거긴 그냥 부실기업이 소유한 처리가 곤란한 부동산에 불과했다.

대신에 나는 경비원 할아버지의 삶을 상상했다. 그 할아버지에 대해서 아는 것이 너무 없었기 때문에, 나는 먼저 할아버지와 내가 친해지는 상황을 상상했다. 나는 다큐멘터리 감독이다. 먹을 것을 사들고 차폐막의 문을 두드린다. "뭐요?" 할아버지는 고개를 내밀고 묻는다. "아, 저는 다큐멘터리 감독입니다. 부탁이 있어서 찾아왔어요. 이거 드세요. 제가 할아버지의 삶을 취재해도 될까요?" 할아버지는 고개를 저으면서 저리 꺼지라고 한다. 여긴 사유지라고 한다. 할아버지의 마음을 사는 일은 무척 어려웠다. 그래서 더 할아버지에게 빠져들고 말았다. 나는 이미 그가 20년간 그곳에서 출근도 퇴근도 하지 않고 개를 키우면서 살고 있다고 굳게 믿고 있었다. 교대 업무가 아니었다. 내 상상 속의 세모병원 소유주들은 부실하기만 한 것이 아니고 아주 악덕이었다. 내 생각에 할아버지는 박봉이었고, 유일한 경비원이었으며, 누가 들어오면 쫓아내는 것 말고는 맡겨진 일이 없었다. 어쩌면 할아버지가 세모병원의 소유주 중 한 명일 수도 있어. 그것도 말은 되는 것 같았다. 어쨌든 내 생각에 할아버지는 거기 살았다. 끼니는 어떻게 때우시는 걸까? 밖에 나가서 먹고 오나? 아닐 거야. 나가 있는 동안 누가 침입하면 어떻게 해? 여름이다. 병원 앞마당엔 잡초가 무서울 정도로 빨리 자라난다. 할아버지는 잔디를 깎는다. 잡초가 무성하면 벌레가 많아지니까 깎는 것일까?

보기 좋으라고 깎는 것일 수도 있지. TV를 보거

나, 책을 보거나, 신문을 읽거나, 라디오를 듣거나, 잔디를 쳐다보면서 개를 쓰다듬는 것 말고는 할 일이 별로 없을 테니까.

할아버지는 컨테이너 박스 앞에 놓인 파란 플라스틱 의자에 앉는다. 창문을 달기 전에 공사가 중단되었다. 뻥 뚫린 구멍들을 바라본다. 비가 오면 건물에서 젖은 시멘트 냄새가 날까. 그 냄새는 몸에 좋지 않은 냄새지만, 어쩐지 사람을 안심시키는 힘이 있다. 똑똑한 개는 건물에 출입하지 않는다. 할아버지도 건물에 들어가지 않는다. 건물에 들어가지 않게 하는 것이, 침입자가 벽을 때려 부수거나, 철근을 훔쳐가지 못하게 하는 것이 할아버지의 일이다. 보름달이 폐허를 비춘다. 달빛도 이 흉물스러운 건물을 신비하게, 낭만적으로 포장하지 않는다. 할아버지에게도 친구가 있어야겠지. 보니까 동네 할아버지들은 대부분 지나가다가 자주 인사하고, 맞담배를 피우다가 친해지는 것 같던데. 할아버지의 친구 할아버지가 어디 사는 무얼 하는 누구인지 상상이 되지 않네. 아마도 병원 근처에 사는 사람일 것이다.

가끔 막걸리를 들고 세모병원 차폐막에 노크를 할 것이다. 아무도 들어갈 수 없는 차폐막 안에 그 할

166

아버지만 들어갈 수 있는 거다. 친구이기 때문에. 친구란 참 좋은 거야. 나는 더 상상할 수 있는 것이 없어서 할아버지가 하지 않을 일을 상상한다. 그는 세모병원 옥상에 가지 않는다. 11층에도 가지 않는다. 파란 의자를 4층 중앙에 가져다 놓고, 앉아서 텅 빈 공간을 응시하지 않는다. 빗자루질을 하지 않는다. 걸레질을 하지 않는다. 누가 침입하면 쫓아내야 한다. 하지만 누가 들어오는 일은 자주 발생하지 않는다. 밤을 새지 않는다. 완전 무장을 하지 않는다. 언젠가 병원이 완공되고, 병원의 경비원이 되는 날이 올까? 할아버지는 병원 경비원의 꿈을 꾸지 않는다. 아무도 병원이 완공될 것이라고 생각하지 않는다. 할아버지는 자신이 지키고 있는 곳이 병원이라고 생각하지 않는다. 할아버지는 자신이 영원히 살 것이라고 생각하지 않는다.

한국토지주택공사가 세모병원 부지에 230세대의 국민주택을 건설하기로 한다. 흉물로 방치된 지 25년이 되던 해에 세모병원 철거 기공식이 열린다. 철거가 완료된다. 국민주택은 우리 도시에 오래 살던 사람들에게 우선적으로, 싼값에 분양될 것이다. 들리는 소문에 의하면 그렇게 되었다고 한다. 이제 우리 도시에는 병원이 없다. 다행인 점은 거기 나도 없다는 것이다. 나 역시 더는 그 도시에 살지 않는다. 병원도 대형 폐허도 없는 그런 도시는 이제 특별할 것이 없고, 거기엔 차폐막이 없고, 그 안에서 살고 있는 경비원 할아버지도 없다. 종종 사회에서 우연히 그 도시에 거주했던, 이제는 살지 않는 사람들을 마주치면 세모병원을 아느냐고 물어본다. 지금은 어떻게 되었는지 아느냐고 물어본다. 그 병원을 완공하려면, 그 병원을 밀어버리려면 천문학적인 비용이 든다고 들었어요. 그러니까 아직도 거기엔 커다란 폐허가 존재하겠죠. 어쩌면 영원히요. 그렇군요. 그 말을 들으니 안심이 되네요. 나는 그들에게 진실을 말해주지 않는다.

감옥이 있어서
행복해

우리는 거의 모든 것을 감옥이라고 부를 수 있다. 그리고 감옥이라고 부를 수 있는 것은 지옥이라고도 부를 수 있다. 그러니 우리는 모두 언제나 지옥의 수감자 신세이며, 감옥에서 탈출해도 곧 새로운 감옥을 맞닥뜨리게 된다. 마치 폭스(Fox TV)에서 제작한 미국 드라마 〈프리즌 브레이크〉 같다. 주인공이 시즌 1 막바지에 미국 감옥에서 탈옥을 했는데, 시즌 2를 오퍼 받아서 다시 감옥에 갇히고, 시즌 3에 탈옥하고, 시즌 4에서 이 세상이 자본주의 거대 기업이 만든 감옥이라는 사실을 깨닫고, 4.5 시즌에서는 주인공의 애인이 수감되는데, 애인은 임신 중이고…… 그녀를 탈옥시키면서 주인공이 죽는다. 드디어 죽음으로 인생이라는 감옥에서 탈출한 주인공은 시즌 5가 오퍼 되는 바람에 사실은 죽지 않았고, 예멘의 어느 감옥에서 이슬람 무장 테러 단체의 수장을 데리고 탈옥해야 하는 운명에 처한다.

실제로 이렇게 말하지는 않았지만, 내가 생각하기에 미셸 푸코는 다음과 같이 말했다. "감옥에서 탈출하려면 기본적으로 감옥을 통해 권력 계층이 어떻게, 얼마나 이득을 보고 있는지를 파악해야 한다." 그러니까 〈프리즌 브레이크〉식으로 말하자면 수감자 중에 누가 제일 센지 알아야 하고, 간수 중에 누가 대빵인지를 알아야 하고, 교도소 소장이 어떻게 자기 손을 더럽히지 않고 불법적인 행위를 하는지를 파악해야 하고…… 어쨌든 자본주의나 기독교 근본주의 같은 이념이 어떻게 교묘하게 평민 계층을 억압하고 통제권을 휘두르는지를 알아야 한다. 그렇게 계속 공부하고 연구해야 한다. 누가 이득을 보는가? 지옥의 영원한 수감자인 우리들은 꿈에서도 이 질문을 잊어서는 안 되는 것이다.

누가 결정적으로 가장 많이 이득을 보는가? 〈프리즌 브레이크〉의 경우는 폭스라고 할 수 있다. 감옥에 계속 가둬야 시즌을 이어 나갈 수 있으니까, 계속 다른 감옥에 가뒀던 것이다. 물론 주인공도 감옥 때문에 계속 모험을 할 수 있었고, 미국의 시청자도 드라마 비수기인 여름에 계속 탈옥 얘기를 볼 수 있었으니 뭔가 좀 이득이었겠지만. 어쨌든 제일 이득이 많았던 건 방송국이다. 한국은 감옥이다. 한국은 지옥이다. 우주는 감옥이다. 우주는 지옥이다. 분명히 이 세상에는 신이나 외계인, 방송국 같은 권력 계층이 있다. 셋 중에 누가 가장 이득을 많이 보는가? 신인가? 외계인인가? 방송국인가? 그걸 알아야 탈옥에 도움이 된다. 그리고 또 생각해 볼 수 있는 건…… 그럼 신이나 외계인이나 방송국은 어디서 어떻게 탈옥해야 하는가? 그들을 가둬놓고 있는 존재는 누구이고, 그 존재는…… 얼마나 이득을 보고 있는 것일까? 이렇게 꼬리에 꼬리를 물고 이득을 따라가다 보면, 결과적으로는 이득의 정체가 뭔가 좀 이상해지기 시작하는 거다. 그리하여 내가 만나게 되는 것은 이상한 이득이다. 특히나 막강한 권력이나 무한한 권능을 가진 존재가…… 감옥으로 이득을 보려면 볼 수는 있겠지만. 그게 그러니까 대체 무슨 이득인가?

나와 친분이 있는 사람들 중에는 감옥을 좋아하는 사람이 둘 있는데, 그중 한 사람이 바로 최원석이다. 지금은 최원석이 노쇠하여서 그 꿈을 이룰 생각이 없어 보이지만(또 모른다). 일전에 최원석은 무인도를 사서 거기에 나라를 세우고, 자기가 거기 왕이 되었으면 좋겠다고 생각하곤 했다. 그런데 그 섬의 반절을 감옥으로 사용하겠다는 것이었다. 나는 최원석에게 왜 그렇게 감옥을 좋아하냐고 물었다. 감옥으로 네가 무슨 이득을 취하느냐고 물었다. 처음엔 별로 특별할 것도 없는 대답이 돌아왔다. 범죄자를 통제하면 안정감이 생기고, 손수 죽이지 않고도 제거할 수 있어서 좋고, 나쁜 짓을 하면 벌을 받는다는 사실을 교육하기에 좋다고…… 그리고 해방감.

해방감? 무슨 해방감? 최원석은 말을 이어 나갔다. "그러니까, 내가 무인도에 혼자 갇혀 있잖아. 무인도에 나만 사니까. 근데 내 나라의 절반이 감옥인데, 그 감옥이 비어 있는 거야. 그걸 보면서 자유로움과 해방감을 느끼는 거지. 만약 사람들이 탄 배가 난파되어서 내 나라에 도착한다면, 나는 그 사람들 전부를 감옥에 가둬놓고 섬 끄트머리에서 그 사람들이 살아가는 걸 지켜볼 거야. 어쩌면 오히려 내가 감옥에 갇혀 있는 기분이겠지." 아니…… 그러니까 그게 해방감이나 자유로움하고 어떻게 연결이 되는지는 모르겠는데. 그래도 어쨌든 무인도의 왕 최원석이 감옥을 통해 어떤 이득을 취하긴 취하는 것 같았다. 감옥은 어쨌든 무인도의 왕에게도 이득이긴 이득이구나. 신체가 절단되어도 다시 복구되고, 아무도 죽지 않고, 영원히 탈출할 수도 없는 감옥이자 형벌의 공간. 종교적 지옥의 끄트머리에 신과 외계인이 앉아 있는 것을 상상한다. 안에 가두고, 바깥에 가두고, 그런데 혹시 내가 갇힌 걸지도? 헤헤…… 해방감을 느끼면서 외롭고 행복하게. 그는 지금 결정적으로 가장 많은 이득을, 이상한 이득을 취하고 있다. 다음 시즌도 오퍼 될 것이다.

모스크바 공항

여행을 좋아하냐고 누가 물어
보면 어떻게 대답해야 할지 잘
모르겠다. 여행을 좋아하는 사
람에게는 나도 좋아한다고 말
해주고 싶고, 여행을 싫어하는
사람에게는 나도 싫어한다고
말해주고 싶다. 애매하다고 생
각하는 사람에게는 나도 애매
하다고 말해주고 싶다. 김행숙
시인의 첫 번째 시집 『사춘기』
의 뒤표지 글을 좋아한다.

"한때, 내가 되고 싶었던 건 투
명인간이었다. 선일여자고등
학교 복도에서 뿌연 운동장을
내다보면서 이런 공상으로 뭔

가를 견디곤 했다. 만약 내가 단 하루만이라도 투명인간이 될 수 있다면, 무조건 달리고 또 달릴 거야. 다만 멀어지기 위해. 내가 사라지는 곳으로부터 더 멀리에서 나타나고 싶었다. 길을 잃어버리고 싶었다."

여행지에서 잠에서 깨면 멀리에서 나타난 것 같은 기분이 들었다. 일어나면 제일 먼저 창문 밖을 내다보곤 했다. 그러면 아찔하고 당혹스러웠다. 내가 사라졌다가 나타난 것 같았다. 그 어리둥절한 기분으로 시를 쓰는 게 너무 재밌어서, 나는 여행에서 작품을 많이 썼다. 하지만 한 숙박업소에 오래 머물면 자연스레 그런 기분이 사라졌다. 호주 멜버른의 호스텔에서 한 달을 보낸 적이 있다. 어느 날 자다가 깨어 창밖을 바라보는데 나도 모르게 혼잣말이 나왔다.

"호주네……."

그 순간 내가 느낀 것은 사라졌다가 나타난 것 같은 감각보다 더 아찔한 무엇이었다. 갑자기 모든 것이 너무나 친숙하면서 동시에 나와 상관없이 느껴졌다. 그게 별반 새로운 느낌은 아니었다. 내가 감각한 것은 실존주의나 불교 비슷한 종교가, 대중에게 존경받는 예술가들이 종종 떠들곤 하는 그런…… 생의 번뇌에 대한 싸늘한 냉소와 닮아 있었다. 하지만 그날 그 흐린 오후에 나를 찾아온 느낌에는 조금의 해방감도 섞여 있지 않았다. 내일도 호주일 것이고, 모레도 호주일 것이고, 집으로 돌아가도 호주일 것 같았다. 이 모든 감정이, 나라고 할 만한 것이 없다는 느낌이, 깨달음 비슷한 것이 끝나지 않으면 어떻게 하지? 어딘가로 계속 떠나도 끝나지 않으면 어떻게 하지? 죽어도 끝나지 않으면 어떻게 하지? 끝나지 않으면 어떻게 하지? 나는 조용히 겁에 질렸다. 길을 잃어버리기 위해 계속 어딘가로 떠나거나, 길을 잃어버려서 어디로도 떠나지 못하는 것이 별반 다르지 않은 일 같았다. 어쩌면 그래서 김행숙 시인이 자신의 시에서 종종 카프카의 말을 인용했던 것일까? 카프카는 썼다. 바보는 피곤해지지 않는다고. 바보는 겁을 먹어도…… 어딘가로 갈 수만 있다면 어딘가로 계속 간다.

지금도 젊다고 보면 젊은 나이지만, 어렸을 때의 나는 정말로 쉽게 피곤해지지 않았던 것 같다. 나는 바보였고, 바보를 좋아했고, 여행이 얼마나 속절없는 것인지를 잘 알면서도 자꾸 어딘가로 떠났다. 갑자기 나타났다는 느낌에 감탄하고, 이틀이면 그 감각을 상실하고, 오토바이에 치여서 발목이 부어도, 돈이 다 떨어져서 집에 돌아가야만 할 때도, 히치하이크라도 해서 계속 어딘가로 떠났다. 도보 여행을 하다가 무릎에서 이상한 소리가 날 때. 나는 여행을 멈추는 대신 다음과 같이 생각했다. 그래도 세 시간만 더 걸으면 뭔가를 보게 되지 않을까? 알게 될지도 몰라. 중요한 무언가를 말이야. 어느 날 내 몸이 예전 같지 않았다. 한동안 여행을 떠나지 않았다. 슬퍼도 슬프지 않았다. 현명해져서 그런 것 같았다. 문제는 한번 현명해지면 돌이키기가 쉽지 않다는 거다.

뭐만 하면 지친다. 드라마 한 편만 봐도 지치고, 소설책 한 챕터만 봐도 지친다. 급기야 잠만 자도 지치게 된다. 여행은 생각만 해도 지친다. 아아 그런데 세상의 거의 모든 것이 여행이다. 망원(내가 8년째 살고 있는 동네) 밖으로 나가는 것이 여행이고, 친구랑 카페에서 남소를 나누는 것도 여행이고, 처음 보는 사람하고 만나는 건 실로 엄청난 여행이고, 누가 오랜만에 술 한번 먹자고 하면 나는 그 여행이 무서워서 일주일 전부터 겁을 먹는다. 요즘에 나는 맥주 두 잔이 넘어가면 그냥 그게 여행이다. 진짜 현명한 사람은 자기가 뭐든 알고 있다고 생각하지 않는다. 정말로 현명한 사람은 바보였을 때와는 달리, 세상에 자기가 모르는 게 있다는 사실을 나쁘게 생각하지 않는다. 아주 천천히 알아가면 좋고, 영영 모르게 되더라도 내가 뭘 놓치는 게 아니다. 현명한 사람은 조급해하지 않는다. 현자는 집에서 고양이를 안고 있는 게 얼마나 행복한지 잘 안다. 여행 가서 집에 두고 온 고양이를 생각할 때 얼마나 보고 싶은지 잘 안다. 현명한 사람은 함부로 기대하지 않는다. 남에게 쉽게 기대하는 사람은 쉽게 실망하기 마련이다. 그것보다 무례한 일이 또 없다. 기대하는 일에 지쳐서 침대에 누워버린 사람. 현명한 사람은 자기가 전보다 좋은 사람이 됐다고 생각하는 은둔형 외톨이다. 이쯤에서 현명한 사람을 지옥으로 보내야 될 것 같다. 모스크바 공항으로.

　모름지기 모든 것에는 균형이, 음양의 조화가 있어야 한다. 여행을 꺼리게 됐다고 해서 무조건 피하기만 하면 여행을 싫어하는 사람으로 박제되고 만다. 나는 여행을 좋아하는 사람으로도, 싫어하는 사람으로도, 애매하게 생각하는 사람으로도 규정되고 싶지 않았기에, 여행 친구가 5년 만에 제안한 4박 5일짜리 프랑스 파리 여행에 함께 하기로 했다. 유럽 여행은 처음이었다. 게다가 파리라니 얼마나 흔한 해외 여행지인가? 30대가 되어서 가는 첫 여행이었다. 20대에 갔던 그 수많은 고행 가난 여행과는 분명히 다를 것이었다. 그러나 여행 날짜가 다가오면서 뭔가 좀 삐그덕대기 시작했다. 우리는 2019년 말에 여행을 떠났다. 코로나 19가 유행을 시작하던 때였다. 아직 여행은 금지되지 않았고, 아무도 마스크를 쓰지 않았다. 그래서 우리도 그냥 출발했다.

한국에서 모스크바 공항으로 가서 4시간 기다렸다가 프랑스로 가는 비행 편이었다. 우리는 둘 다 흡연자인데, 모스크바 공항 안에는 흡연 부스가 없었다. 그럴 수도 있다고 생각하려고 했는데…… 화장실에서 사람들이 다들 담배를 피우고 있었다. 대부분 러시아 사람 같았다. 우리는 외국인이니까 피우면 안 되겠지. 걸리면 피곤한 일이 생길 수도 있으니까. 우리는 30대이고, 분명히 전보다 좀 현명해졌으므로. 4박 5일 일정에 조금이라도 변수가 생기지 않기를 바랐다. 공항 식당에서 파는 음식 메뉴판엔 사진이 함께 실려 있었는데, 대부분의 음식에 오이가 있었다. 그래서 음식도 사 먹지 않았다. 현명한 선택의 연속이었다. 과거에 우리가 갔던 여행에 비하면, 공항에서 4시간 기다리는 건 일도 아니었다. 우리는 한 시간 전에 미리 비행기 타는 곳으로 가서 기다렸다. 전광판을 확인하니 거기가 맞았다. 탑승 시간까지 10분쯤 남았을까. 줄이 너무 길었다. 우리는 의자에 앉아 있다가 제일 마지막에 들어가자. 그래서 멍하니 땅바닥만 보면서 시간을 흘려보내고 있었다. 줄이 조금도 줄어들지 않았다. 10분이 더 흘렀다. 이제 줄이 사라졌다. 뛰면 다치니까, 천천히 여유롭게 티케팅을 하려고 했다. 그런데 직원이 충격적인 말을 건넸다. 우리 비행기는 여기서 타는 게 아니라고 했다. 뭐라고요? 전광판 보고 온 건데요? 그럼 어떻게 해요? 직원은 잠시 알아보겠다고 하더니, 더 충격적인 말을 건넸다. 우리 비행기가 이미 출발했다는 것이었다. 그럼 어떻게 해요?

내 여행 친구는 직업이 비행기 조종사인데…… 기장이 비행기를 놓칠 수도 있나? 그래 뭐 놓칠 수도 있나 보다. 근데 우리는 전광판을 두 번 세 번 확인했는데. 갑자기 타는 곳이 바뀔 수도 있나? 아 모르겠다. 내 친구는 기장이니까…… 어떻게 잘 해결하겠지. 일단 안내 데스크에 따지러 갔다. 따지는 곳에 줄이 길었다. 기다리고 기다려서 데스크 앞에 서자, 여기는 그런 업무를 하는 곳이 아니라면서 반대편 데스크로 가라고 했다. 그 데스크 앞에도 줄이 있었다. 비행기가 떠난 지 30분쯤 되었다. 우리 앞에 4명이 있었다. 그런데 그들도 우리랑 같은 비행기를 같은 이유로 놓쳤다고 했다! 전광판을 보고 갔는데 거기가 아니래요! 전광판에는 분명히 거기라고 써 있었어요! 그중 한 명은 프랑스에 사는 러시아 사람이었다. 우리만 속은 게 아니라 이렇게 많은 사람이 전광판에 속았으면 니네가 잘못한 거 아니야? 항공사 니네! 공항 니네! 니네 실수 아니냐고 따졌지만 그럴 리가 없다는 대답만 돌아왔다. 실랑이를 벌이느라 30분이 더 지났다. 데스크 직원은 자꾸 어디론가 전화를 걸더니. 해줄 수 있는 게 없다면서 표를 환불받거나 변경하라고 했다. 어디서요?

표를 환불받는 곳은 처음에 우리가 줄을 섰던 데스크였다. 그 데스크에는 다시 줄이 있었고, 그걸 또 다 기다려서 표를 내밀었다. 그러나 떠난 지 40분 넘은 비행기 표는 바꿔줄 수 없다는 대답만 돌아왔다. 아니 그러면 어떻게 해요? 자기들은 해줄 수 있는 게 없다고 했다. 일단 입국 수속을 하고, 환승 구간 밖으

로 나가서 표를 새로 사든지 더 따지든지 알아서 하라
는 것이었다. 정말 최악인 건, 우리가 그 비행기를 타
지 않았기 때문에 집으로 돌아가는 비행기까지 모두
취소되었다는 사실이었다. 우리는 돌아가는 비행기
표도 다시 구매해야 했다. 입국 심사대로 갔다. 원래
도 입국 심사대에 줄이 길다는 건 알았지만, 거의 2시
간을 기다렸는데 줄이 줄어들지 않았다. 알고 보니 코
로나가 더 유행하면 모스크바에 입국하기 어려워질
것이라고 생각한 타국의 노동자들이…… 대부분 비
자를 제대로 구비하지 않고 와서 심사가 엄청나게 지
연된 것이었다. 침통한 마음 때문에 처음엔 다리가 아
프지 않았지만, 줄이 너무 천천히 줄어드니까 나중엔
종아리가 터질 것 같았다. 어쨌든 오랜 기다림 끝에
모스크바에 입국했다.

　　제일 먼저 할 일은 우리 짐을 찾는 거였다. 우리
가 비행기를 타지 않아서 우리 짐은 짐칸에 싣지 않았
다고 했다. 다행인가? 담배를 피우지 않은지 일곱 시
간이 지났는데, 표 환불 문제로 따져야 해서 피울 수
가 없었다. 항공사 데스크로 가서 따지니까 저 데스
크로 가라고 하고, 그 데스크로 가니까 또 저 데스크
로 가라고 했다. 가방을 끌고 왔다 갔다 하는 게 너

무 힘들다. 네가 짐 지키고 있어. 내가 가서 따지고 올게. 친구가 저 멀리로 걸어갔다. 나는 우두커니 공항 한복판에 서서 짐을 지켰다. 속으로 계속 되뇌었다. 비행기 조종사랑 여행하다가 비행기를 놓칠 수가 있나? 기장이면 빽 같은 거 없나? 전광판이 우릴 속였어. 난 내가 현명한 사람이 된 줄 알았는데. 난 이번 여행에서는 개고생이 없을 줄 알았어. 어떻게 이럴 수가 있지? 40분 후에 친구가 돌아왔다. 아무래도 안 될 것 같아. 모스크바에 남거나, 집으로 돌아가거나, 표를 새로 사야 할 것 같아. 프랑스…… 파리…… 별로 가고 싶지도 않았는데. 그냥 쉬운 여행이 될 줄 알았는데…… 파리에 살고 있는 내 친구한테 오늘 도착한다고 했는데…… 우리는 다음 날 아침 핀란드 경유, 프랑스 도착 비행기를 예매했다. 푯값이 어마어마했다.

담배나 피우자. 담배를 어디서 피울 수 있지? 공항 밖으로 나가서 피울 수 있었다. 공항 밖으로 나가려면 짐 검사를 해야 했다. 가방에서 짐을 다 꺼내고, 검사를 받고, 다시 짐을 다 넣고, 담배를 피우고, 들어올 때 짐 검사를 해야 해서 다시 가방에서 짐을 다 꺼내고, 검사를 받고, 가방에 짐을 넣었다. 큰일이다. 열

시간은 더 여기에 있어야 하는데. 담배를 피우려면 이 모든 과정을 반복해야만 했다. 다리가 터질 것 같았는데 공항에 벤치가 별로 없었고, 당연히 벤치에 누울 수 없게 펜스 처리가 되어 있었다. 그냥 구석에 가서 바닥에 누워 있고 싶었는데, 밖에 눈이 와서 공항 바닥이 다 젖어 있었다. 할 수 없이 등받이 없는 벤치에 앉아 고개를 숙이고 눈을 감았는데, 어떤 어린 여자애가 비명을 지르기 시작했다. 부모가 멈춰주겠지⋯⋯ 안 멈추네⋯⋯ 보니까 어린 여자애가 아니라 다 큰 성인이었다. 정신에 문제가 있는 사람인 것 같았다. 휘적휘적 걸어다니면서 비명을 지르는데 아무도, 공항 직원도 제지하지 않았다. 잠을 잘 수가 없었다. 그 여자는 목이 쉬지도 않았다. 그래서 우리는 식당으로 자리를 옮겼다. 거기 앉아 있으려면 음식을 주문해야 했고, 다 먹으면 일어나야 했다. 감자튀김을 시켜서 최대한 천천히 먹었다. 가격이 비쌌다. 핸드폰으로 〈이태원 클라쓰〉라는 드라마 3화를 보았다. 담배를 피우러 나갔다.

아! 교대로 담배 피우면 짐 안 꺼내도 되잖아? 대단한 발견이었다. 참 대단한 하루였다. 여기서 만난 사람들은 똑같은 말만 했지. 어쩌라고? 저기로 가봐.

어쩌라고? 저기로 가봐. 어쩌라고? 어쩌라고? 그리고 저 여자는 아직도 소리를 지르네. 공항 벤치에서 졸고 있는 사람들은 모두 어딘가 불편해 보여. 안 불편하면 그게 이상한 거겠지. 근데 다들 큰 병에 걸린 것 같아. 여긴 마치 대학 병원 암센터 같아. 다행이지. 내가 현명한 사람이 돼서. 옛날 같았으면 푯값이 아까워서, 자기 자신의 멍청함을 탓하느라, 자학하느라 더 괴로웠을 거야. 이젠 30대라서 그런가. 이런 일을 살면서 너무 많이 겪어서 그런가. 다 웃어넘길 수 있을 것 같아. 종아리가 터질 것 같아. 담배를 피우고 싶어. 귀찮아. 시끄러워. 결국 나는 한숨도 자지 못했다. 누가 날 두드려 팬 것 같았다. 우리는 핀란드로 갔고, 핀란드에서 프랑스로 가는 비행기로 환승하는데 주어진 시간이 10분이라 미친듯이 뛰었고. 결국 파리에 도착했다.

여행이 끝난 다음 시를 썼다. 제목은 「나는 모스크바에서 바뀌었다」이다. 이 시를 쓰면서 앞으로도 여행을 많이 다녀야겠다고 생각했다. 먼 곳으로 여행을 가면 시가 써지는구나……. 하지만 코로나19가 계속 유행해서 먼 곳으로 떠나지 못했다. 나는 다시 여기가 아닌 곳에 기대하는 것이 없는 현명한 사람이 되었다.

나는 모스크바에서 바뀌었다

나는 무서운 것이 너무 많고
비위도 약하지만

내가 시체 청소부면 좋겠다
초등학교 앞에 시체가 나타나면 아이들이 떼로
몰려서 시체를 둘러싸고 서서 그걸 보고 있다
　한마디씩 하는 애들도 있고 아닌 애들도 있지

애들도 시체를 봐야 시체가 어떻게 생겼는지 알
겠지만 나는 시체가 너무 불쌍해서 시체를 들고 먼 곳
으로 간다
　아무도 보고 수군거리거나

침묵하지 않도록

그때 나는 아직 어린아이고 시체는 대부분
축축하고 무겁다

나는 내가 많으면 좋겠다
천만 명이면 좋겠다

어린애들이 있는 곳이면 거기 항상 있는
시체가 나타나면 들고 먼 곳으로 가는

모스크바 공항에서 파리행 비행기를 놓치고
공항에 오랫동안 갇혀서
이런 개고생 좀 그만하자고, 술도 끊고, 집에서
만 놀았는데 싫은 사람 나쁜 사람
안 만나고 숨아내고 살고자 했던 것 같은데

그렇게 살지 말아야지

전염병이 도는 시기에
누울 곳이 없는 모스크바에서

그렇게 살지 말아야지 내가 많았으면 좋겠다
어디서나 머리만 기대면 깜박 잠들고

시체를 둘러싼 아이들 틈바구니를 비집고
들어가서 시체를 들고 먼 곳으로

그런 생각을 스무 시간 하고
나는 모스크바 공항에서 바뀌었다

유리 덮개 속
단풍나무

아주 커다란 단풍나무에 아주 두껍고 커다란 유리 덮개를 씌웠다. 바람을 맞지 않도록 했다. 비도 맞을 수 없도록 했다. 오로지 햇볕만 맞고, 뿌리가 땅에서 물을 찾아 헤매게 했다. 가을에 단풍이 들었다. 죽은 잎이 낙엽이 되어야 하는데, 다 떨어지고, 후년에 새잎이 돋아야 하는데, 바람을 맞지 않아서인지 죽은 잎이 가지에서 떨어지지 않았다. 그렇게 20년 동안, 단풍나무는 유리 덮개를 씌운 그해의 죽은 잎을 떨어뜨리지 못했다. 나무가 죽었는지 살았는지 아무도 알 수 없었다. 유리 덮개가 너무 무거워서 치울 수 없었기 때문이다.

　나무와 대화할 수 있는 드루이드도 유리 덮개 속 단풍나무와는 대화할 수 없었다. 만질 수 없고, 냄새 맡을 수 없었기 때문이다. 드루이드도 단풍나무가 죽었는지 살았는지 확신할 수 없었다. 하지만 아마 죽었을 것이라고 했다. 만약 유리 덮개 속 단풍나무와 대화할 수 있다면 물어보았을 것이다. 죽은 잎을 달고 있는 게 지옥 같은지. 죽은 잎을 떨어뜨리게 될 미래가 지옥 같은지. 나는 항상 그게 궁금했다. 뭐가 더 지옥 같은지. 그걸 안다고 달라지는 게 있을까? 없을 거다. 그런데도 항상 그게 궁금했다. 선생님은 나무도 모를 거라고 했다. 어떤 선생님은 나무는 알 필요가 없을 거라고도 했다. 하지만 나는 알고 싶었다. 괴롭히고 싶은 게 아니었다. 뭐가 더 괴로운지 알고 싶었다. 그래서 괴롭혔다.

　언제는 지옥에서 사람을 고문하고 있는데 고문받는 사람이 물었다.

　"재미있나요?" 나는 고개를 저었다. "아니요. 나는 단지 고문과 고문을 비교해서 어떤 고문이 더 괴로운지 알아내고 있어요. 그냥 그래야만 할 것 같아서 그러고 있는 거예요. 아마 위에서 내린 명령 같아요."

"알아내긴 뭘 알아내요? 괴롭히기만 하고, 뭐가 더 괴로운지 묻지도 않잖아요?"

"직접 물어보면 안 되는 것 같아요. 확신 없이 계속 유추할 것. 그게 규칙인가 봐요." 내가 말했다.

잠자코 듣던 그 사람은 앞으로 내게 무엇이 무엇보다 더 괴로운지 말해주겠다고 했다. "당신이 했던 고문 중에서 어떤 고문이 가장 괴로웠냐면……."

그러곤 말을 마치지 못한 채로 스르륵 내 앞에서 사라져버렸다.

그날 이후로 나는 사람들이 왜 자기를 괴롭히느냐고 물으면 그냥 나도 내가 왜 그러는지 모르겠다고 대답하곤 했다. 괴롭히는 것이 목적이 아니며, 당신을 괴롭혀서 내게 무슨 이익이 있는 것도 아니라는 것만 분명히 말해주었다. 물론 사람들은 관계에서 자신도 모르는 사이에 모종의 이익을 취하곤 한다. 하지만 아무리 생각해도 나는 남을 괴롭혀서 이익을 취한 바가 없다. 굶기는 것이 괴로운지, 먹이는 것이 괴로운지, 궁금증이 풀린 적이 없었으므로, 혹시 나는 내가 영원히 답을 찾을 수 없도록, 계속 더 복잡하게 꼬아대기 위해 다양한 방식으로 남을 괴롭히고 있는 게 아닐까? 그렇게 자문하면 자괴감이 들었다. 그래서 나는 종종 내 존재가 사라지기를 바라기도 했다. 아주 어렸을 때부터 나는 내 본능을 혐오했다. 퇴근할 수 없는 회사에 갇힌 기분이었다. 내 일이 내 일이 아니었다.

그러다 유리 덮개 속 단풍나무를 발견했다. 덮개 앞에 영원히 앉아 있으면 좋겠다고 생각했다. 그러면 누굴 괴롭히지 않고도 내가 해야만 할 것 같은 일을 계속할 수 있을 것 같았다. 그래서 사람들이 채식을 하는 걸까? 쉬는 시간이면 눈을 감고 유리 덮개 속 단풍나무를 생각했다. 점심시간에는 그 앞 벤치에 앉아 도시락을 먹었다. 음료수도 마셨다. 나무가 괴로울 수 있다고 생각하는 것은 너의 착각이다. 나무가 죽지 않았을 수도 있겠다고 생각하는 것은 너의 망상이다. 그것을 인정한다면 나무 앞에서 더 멋진 감정을 느낄 수 있을 거란다. 선생님은 그렇게 조언했다. 마치 자기는 아무도 고문하지 않는 사람처럼. 유리 덮개 앞에서 나무를 구경하고 있으면, 마치 여기가 지옥이라는 사실을 잠시 잊을 수 있다는 듯이…….

선생님을 괴롭히고 싶다.

탈옥

나는 방 탈출 게임이 싫다. 좁은 공간에 갇혀 누군가가 고안한 퍼즐을 풀어야 거기서 나갈 수 있는 게 싫다. 세상이라는 게임의 숱한 정답들 앞에서, 난 언제나 제3의 선택지를 택하여 문제를 해결할 수 있기를 바랐다. 그러는 편이 멋있어 보였고, 누가 만든 규칙을 따르는 게 너무 싫었다. 냉정하게 말하면 요행만 바라면서 살아왔다고 할 수 있을 것이다. 아쉽게도 나는 몇 수 앞이나 남의 수를 읽을 줄 아는 능력이 없는 인간이었고, 창의력이 부족해서 그럴싸한 변수를 창출하지도 못했다. 근면하지도 못해, 기막힌 천재도 아니야…… 그래서 내가 시인이 되고 싶었나 보다.

방 탈출 카페에 테이블이 있다면 거기서 시를 쓸 것이다. 만족스러운 시를 쓰면 심호흡을 한 다음에 낭독을 시작할 것이다. 마치 오르페우스가 리라를 연주하면 날아오던 화살이 구부러져 땅에 떨어지듯이, 노래를 들은 케르베로스가 감동해서 온순해지듯이, 내 낭독을 들은 방 탈출 카페의 알바가 감동해서 문을 그냥 열어주면 좋겠다. 아니면 잠긴 문이 슬퍼서 녹아내려도 좋을 것이다. 나는 언젠가 내 시가 신화적인 능력을, 초능력을 가질 수 있을 거라고 예상한다. 이 승에서는 불가능하겠지. 하지만 지옥에서의 시간은 무한하니까. 땅 밑의 감옥에서 영원히 시를 쓴다면, 언젠가는 누구든지 설득하거나 감동시킬 수 있는 시를 쓸 수 있을지도 모른다. 죽어서 지옥에 갈지도 모르기 때문에, 탈옥할 수 없는 곳에서 탈옥하기 위해, 나는 시인이 되기로 한 것이다.

탈옥해서 정처 없이 열흘쯤 걷다 보면 새로운 지옥에 도달하겠지. 나를 다시 가두려는 악마들에게 신작 하나를 낭독할 것이다. 그 시는 아주 웃긴 시고, 악마들은 내리 사흘을 쉬지 않고 웃다가 갈비뼈가 부러지고, 그러면 나는 듣기만 해도 몸이 꽉 움츠러들어 부러진 뼈도 붙어버리는 무섭고 징그러운 시를 낭독하겠지. 나는 몇 편 더 읽어줄 것이다. 악마들은 내 시를 사랑하느라 소중한 일상을 잃어버릴 것이다. 나를 차지하기 위해 다투고 죽일 것이다. 죽어도 다시 살아날 것이다. 이래서는 안 되겠어. 저 시인을 내쫓아야겠어. 그래서 나는 내쫓길 것이다. 다음 지옥에서도, 다다음 지옥에서도, 열심히 시를 써서 영원히 탈옥할 것이다.

하지만 지금 여기에서는 아무리 멋진 시를 써도. 시를 좋아하지 않는 사람을 감동시킬 수는 없다. 시를 좋아하지 않는 사람은 시를 좋아하지 않기로 옛날에 이미 결심했기 때문이다. 오르페우스의 리라 연주가 청각장애인에게는 먹히지 않는 것과 같다. 여기는 지옥이 아니지만, 여기가 어딘지 잘 모르겠지만, 여기서는 시를 써서 탈옥할 수 없다. 많이 슬프지만 어쩔 수 없지. 이 슬픔이 지옥에서 쓸 시의 소재가 될 수 있기를 바라면서, 나는 열심히 슬퍼한다. 그렇게 크게 슬퍼할 일도 아니지만.

침묵의 세계

침묵의 세계는 조용한 세계가 아니다. 침묵의 세계는 본래, 언어로 이루어진 인간이 언어화하기를 멈춘 순간을 뜻한다. 겨울의 햇볕에 주석을 달지 않고, 성질을 있는 그대로 받아들이는 행위를 뜻한다. 해변에서 파도에 발을 담그고, 시간과 감각의 뜻을 헤아리지 않는 순간이 침묵의 세계다. 나는 그렇게 할 수 없는 사람이다. 그래서 나는 침묵의 세계를 만나면 자학하게 된다. 왜 나는 산만한 사람일까? 뭐든 시로 만들 수 있나 싶어 기웃거리고, 자주 머릿속이 시끄럽고, 좋은 걸 좋게만 받아들이지 못한다. 정말로 나만 그런가? 왜 이렇게 온몸이 가려운 것일까? 그러나 침묵의 세계는 조용한 세계가 아니다. 내가 지금 말하고자 하는 침묵의 세계는 사람들이 침묵을 예찬하는 세계다. 이것이 내가 떠올린 지옥이다.

침묵의 세계에 사는 사람들은 확실히 조용하다. 하지만 아주 말을 하지 않는 것은 아니다. 그들은 만나면 침묵이 얼마나 좋은 것인지에 대해 떠든다.

"침묵은 정말 좋죠."

"맞아요. 언어로는 완전히 표현할 수 없으니까요."

"진리 말인가요? 침묵은 진리가 있다는 것을 조용히 드러내죠."

"십 년 전에 당신을 만나고 나서 방금 당신을 다시 만날 때까지 아무 말도 하지 않았어요. 침묵 속에서 당신을 생각했어요. 슬프지만은 않았어요. 침묵 때문이었어요."

"잘했네요. 이별의 슬픔을 끝없이 표현하는 대신, 말줄임표에게 맡겨버렸군요."

"맞아요. 그렇게 했어요."

"정말 잘했어요……."

내가 침묵의 세계를 지옥으로 감각하는 이유는 침묵의 세계에 사는 사람들이 하는 말이 전부 따지고 보면 맞는 말이기 때문이다. 게다가 퍽 감동적이고 지적이기도 하다. 진리는 언어로 완전히 표현할 수 없는데, 침묵을 찬양하는 이들의 담화는 전부 진리에 아주 가깝다. 게다가 그들은 자기들의 침묵 얘기가 침묵의 좋은 점을 전부 담아낼 수 없다는 사실도 알고 있다. 그래서 만나면 침묵의 좋은 점에 대해서 공연히 담소를 나누는 것이다. 유명한 침묵 학자인 막스 피카르트의 책『침묵의 세계』의 목차가 전부 이 세계 사람들의 유일한 대화 주제다. 말 속의 침묵, 몸짓, 고대의 언어, 자아와 침묵, 인식과 침묵, 사물과 침묵, 역사와 침묵, 형상과 침묵, 사랑과 침묵, 인간의 얼굴과 침묵, 동물과 침묵, 표면과 침묵, 시간과 침묵, 아기, 노인, 농부와 침묵, 침묵 속의 세계, 자연과 침묵, 시와 침묵, 조형 예술과 침묵, 라디오와 침묵, 병과 죽음, 침묵이 없는 세계에 대하여. 그들은 얘기를 나누고, 그들의 얘기는 너무 옳고, 계속 더 옳아지기만 하는 것이다.

침묵의 세계의 사람들은 밀을 혐오하지도 않는다. 말 속에 이미 침묵이 있기 때문이다. 그래서 침묵을 예찬하기 위해 대화도 하는 것이다. 침묵은 무엇이든 막을 수 있는 방패이며, 그 무엇도 무엇이든 꿰뚫을 수 있는 창이 아니다. 그런데 나는 이 어질고 똑똑한 사람들이 사는 세계에서 이상한 점을 발견한다. 발견했다고 말해도 될까? 침묵의 세계를 만든 것이 나 자신이기 때문에, 내가 그들에게 이상한 점을 장착해 두었다고 말하는 편이 더 솔직할 것 같다. 침묵의 세계에 사는 사람들은 효율적이다.

침묵의 세계에도 시를 좋아하는 사람들이 있고, 쓰는 사람들이 있다. 그러나 시간이 지나면 다들 시를 쓰는 대신 그림을 그리는 게 침묵을 예찬하는 데 더 효율적이라는 사실을 깨닫는다. 그렇게 치면 가만히 풍경을 바라보고 있는 게 더 효율적이겠지만, 침묵의 세계에 사는 사람들의 생각은 너무나도 깊어서, 언어나 소음의 끝에서야 특정한 침묵이 드러난다는 사실을 언제나 고려하고 있다. 그들은 그 특정한 침묵을, 이성으로는 특정할 수 없는 침묵을 드러내어 예찬하기 위해 종종 창작을 한다. 그러나 침묵의 세계에 사는 사람들은 효율적이다. 사람들은 점점 더 옳은 말을 하고, 예술을 창작하는 일을 아주 그만두지는 않지만, 옳은 말을 하는 것이 예술 창작 활동이 될 수도 있다는 것을 이내 알아버린다. 시간이 지나면 지날수록 이 세계의 사람들은 침묵을 비평하는 일에만 더 집중한다. 침묵의 좋은 점에 대해서 예찬하기만 하면…… 그것이 그냥 시라는 것을 눈치챘기 때문이다. 삶 속에서 어떤 침묵의 순간들을 만났는지 고백하고, 거기에 의미를 부여하고, 아직 의미가 부여되지 않은 것들이 있다고, 알아가자고 친구를 독려하면 그것으로 되는 것이다.

그들이 그럴 수 있다는 점이 이상하다. 방법이 들통난 게임은 더는 예술이 아니기 때문이다. 어떤 바둑 기사는 학습형 AI가 등장하면서 바둑이 예술이 아니게 되었다고 말한다. 하지만 내가 생각하기에 AI는 바둑을 예술이 아니게 만든 것이 아니라, 바둑이 처음부터 예술이 아니었음을 알려줬다. 침묵의 세계에서 나는 같은 교훈을 얻는다. 이미 인생을 시로 만드는 방법이 들통났으며, 앞으로도 계속 들통날 것이다. 시는 처음부터 예술이 아니었을지도 모른다. 내가 이렇게 말하자 침묵의 세계에 사는 누군가가 다가와 나를 꼭 안아준다. 네 말은 다 호들갑이라고. 예술이고 예술이 아니고…… 그딴 흰소리를 할 비에, 잠깐 침묵에 몸을 맡겨보라고 권유한다. 대체 여긴 얼마나 엄청

난 지옥인가? 여기 사는 사람들은 다들 나를 땡깡 부리는 어린아이 취급한다. 조금만 지나면 제 풀에 지쳐 닥칠 것이라고 생각하고 있는 것이 분명하다. 그리고 잠시 조용해진 내게 다가와. 때로는 웃으며, 박수치며, 때로는 눈짓으로…… 다시 또 침묵을 예찬할 것이다.

도보 여행

고등학교 1학년 때, 다음 주
월요일이 개교기념일이고 금
요일은 휴일이었다. 금요일 새
벽에 혼자 여행을 떠나기로 했
다. 학생이라 돈이 없었기 때
문에 수원에서 창원까지 걸어
가기로 마음을 먹었다. 내가
다니던 고등학교에는 창원에
서 유학 온 애들이 많이 있었
다. 창원에서 온 애 중에 한 친
구를 사랑했다. 연휴라 고향
집에 간 친구를 창원에서 만나
면 좋겠다고 생각했다. 걸어서
가는 것이 목적인지, 창원에
기는 것이 목적인지, 사랑하는
애에게 내가 국토를 횡단할 만

큼 널 사랑한다고 말하고 싶은 건지…… 아니면 그냥 아무 쓸모도 없는 일을 하면서 청소년기를 괴상하게 만들고 싶었던 건지 잘 모르겠다.

어쨌든 새벽에 출발했다. 첫날에 나는 수원에서 대전까지 걸었다. 처음엔 철길 위를 걸었다. 그러다 넘어져서 녹이 묻은 돌에 긁혀 바지가 찢어지고 무릎에 상처가 났다. 그래서 철길에서 벗어나 지방 도로를 걸었다. 여름이었다. 나는 학창 시절에 400m, 1,200m 달리기 선수였기 때문에 체력에 자신이 있었다. 나는 계속 뛰었다. 정말 멀리까지 갔다. 천천히 밤이 찾아왔다. 가로등이 별로 없었고, 도로가 좁았다. 천안이었다. 갑자기 소나기가 내렸다. 더 젖기 전에 방법을 찾아야 했다. 나는 히치하이크를 시도했다. 팔을 막 흔들었다. 얼마 안 있어서 승용차 하나가 내 앞에 섰다. 걸어서 여행 중인데 비가 너무 많이 내려서요. 좀 태워주실 수 있나요?

차 안에는 어린애 둘과 부모까지 네 사람이 있었다. 아저씨가 운전을 하고 있었다. 어디까지 가느냐고 묻길래 창원까지 걸어가는 중이라고 했다. 아저씨는 차를 태워주는 대신 자기 자식들에게 내 여행의 목적과 여행하면서 배운 것이 무엇인지를 말해달라고 했다. 잘 말하면 용돈도 주겠다고 했다. 나는 할 말이 없었다. 그래서 사람은 누구나 꿈이 있고, 꿈을 잃지 않아야 해…… 어…… 음…… 이 여행에는 목적이 없고, 그냥 어디까지 걸어갈 수 있을까 싶어서 걷는 거야. 내 대답은 애들에게도 부모에게도 아무런 감흥을 주지 못한 것 같았다. 어색한 침묵이 흘렀다. 그래도 용돈은 받았다.

대전역에서 내려 찜질방에서 잤고, 다음 날 대구까지 기차를 타고 갔다. 가서 대구에 사는 고등학교 친구의 아는 누나의 아는 언니에게 자전거를 빌렸다. 자전거를 타고 가면서도 이상한 일을 많이 겪었다. 하지만 소개하지는 않겠다. 어쨌든 밀양까지 갔는데 너무 힘들어서 도저히 버틸 수가 없었다. 그래서 자전거를 시외버스터미널에 버리고 창원까지 버스를 타고 갔다. 자전거를 버려서 죄송해요. 전화라도 해서 사과해야 하는데 20년이 흐른 지금까지 사과를 하지 못했다. 고등학교 친구의 아는 누나는 내게 크게 실망했다. 내가 그런 앤 줄 몰랐을 거다.

창원에 도착해서 내가 짝사랑했던 애에게 문자를 했다.

"나 창원까지 걸어서 왔어."

"그렇구나." 그렇게 답장이 왔다. 다른 말은 없었다. 나도 딱히 더 할 말이 없었다.

그래서 그 친구 말고 다른 친구에게 전화해서 너희 집에서 자도 되냐고 물었다. 된다고 했다. 도착해서 보니 내 옷이 다 찢어져 있었다. 그 집 부모님에게 우리 집 부모님 전화를 바꿔드렸다. 좀 씻고 누워서 쉬렴. 그렇게 쉬라고 한 다음 그 집 가족들은 진해에 회를 먹으러 가고, 나는 아무도 없는 친구 집 거실에 앉아서 TV도 켜지 못하고, 그래도 전부는 아니지만 서울에서 창원까지 걸어서 왔다. 조금 뿌듯하다. 친구네 가족은 언제 올까. 나도 배가 고픈데. 그런 생각을 하다가 잠들었다. 그 뒤로도 나는 살면서 몇 번 도보 여행을 했다. 나는 도보 여행을 싫어한다.

운문사

1월이었다. 혼자 여행 중이던 나는 경상북도 청도군에 도착했다. 아마 오후 11시 반에 청도역에 도착했던 것 같다. 목적지는 운문사라는 절이었는데 새벽 안개가 장관이라고 했다. 새벽 안개를 보려면 운문사에 새벽에 도착해야겠지? 맞지? 운문사는 청도역에서 꽤 멀었고, 오후 7시 이후로는 그곳까지 갈 수 있는 교통수단이 없었다. 그래서 걸어가기로 했다. 네 시간에서 다섯 시간 정도 걸릴 것 같았다. 그럼 딱 도착해서 아침 안개를 볼 수 있을 것 같았다.

이래도 되나 싶게 너무 추웠다. 가방엔 시집이 너무 많았다. 내 여행은 한 달짜리 여행이었고, 당시의 나는 시인이 되려면 시집하고 멀어지면 안 된다고 생각했고, 그래서 시집 20권을 옆으로 매는 커다란 가방에 넣고 다녔다. 여행 중에 새로 산 책과 스웨터 때문에 가방이 뚱뚱해서 잘 닫히지도 않았다. 가로등이 가끔만 있어서 세상이 아주 캄캄했고, 공기가 정말 맑았다. 필름 카메라의 셔터를 오래 열어놓고 밤하늘을 찍었다.

새벽 2시쯤 되었다. 경사가 심한 비탈길에 들어섰다. 갑자기 야산에서 멧돼지 한 마리가 내가 걷고 있는 도로로 튀어나왔다. 나는 깜짝 놀라 무궁화 꽃이 피었습니다를 하는 사람처럼 걷는 자세로 멈춰 섰다. 우리 사이의 거리는 10미터 정도 됐다. 멧돼지는 나를 잠깐 바라보다가 가드레일에 머리를 수차례 박았다. 아까 TV에서 멧돼지에 치인 농가 주민이 중태에 빠졌다는 뉴스를 봤는데. 이거 여기서 죽는 거 아닌가. 숨도 쉬지 않고 가만히 있는데 멧돼지 한 마리가 더 튀어나왔다. 미치겠군. 멧돼지들은 가드레일에 박치기를 계속했다. 그러다가 갑자기 동시에 나를 향해 홱 돌아서더니 맹렬히 질주하기 시작했다. 죽는구나.

멧돼지 두 마리는 내 코앞까지 바짝 뛰어와서는 다시 가드레일 쪽으로 몸을 홱 틀었다. 그러곤 폴짝 가드레일을 뛰어 넘어갔다. 걔들이 사라지고도 한참을 거기 그렇게 서 있었다. 멧돼지들은 찌그러져서 높이가 낮은 가드레일을 찾고 있던 거였다. 여기가 니네 통로였구나. 정신이 번쩍 들었다. 더는 걷고 싶지 않았다. 나는 히치하이크를 시도했다. 그러나 차가 한 대도 지나가지 않았다. 정말로 더는 걷고 싶지 않았다. 오랜 기다림 끝에 멀리서 승용차가 하나 다가왔다. 나는 손을 막 흔들었고, 경북 사투리를 쓰는 어떤 남자가 차를 세우더니 창문을 내렸다. 나는 운문사로 가고 있다고 했다. 꽤 먼데, 거기까지 걸어가려고 했어요? 일단 타세요.

그래서 일단 탔다. 차는 거의 30분을 달렸고, 그 사람은 나를 태운 곳에서 멀지 않은 곳에 사는 사람이었다. 날 위해서 집을 지나쳐서 운문사까지 태워다 준 거였다. 나는 너무 감사하다고 하면서 시집 세 권을 선물했다. 드디어 운문사에 도착한 줄 알았는데 내가 내린 곳은 절이 아니라 주차장이었다. 경비실에 물어보니 안개를 볼 수 있는 운문사, 돈 내면 재워주는 운문사는 암자였다. 이미 날 태워준 남자는 집에 갔고.

나는 산을 오르지 않으면 얼어죽을 위기에 봉착했다. 그래서 야간 산행을 시작했다. 시집 17권이 너무 무거웠다. 올라도 올라도 끝이 없었다. 갑자기 천둥 번개가 쳤다. 장대비가 쏟아지기 시작했다. 얼음을 밟고 넘어진 나는 네 발로 기어 올라가면서 큰 소리로 절규했다.

나 약간 모든 진실을 알아버린 오이디푸스 같다. 카메라가 나를 클로즈업해서 찍고 있다가, 공중으로 달아나면서 부감숏으로 바뀌는 거야……. 어쨌든 천둥 번개 속의 멍청이는 온몸이 다 젖은 채로 암자에 도착했고, 새벽 4시 정도 되었다. 그 암자는 비구니 스님들이 수행하는 곳 같았다. 주지 스님은 어떻게 지금 왔느냐고 묻지도 않고 만 원만 내면 재워준다고 했다. 밥값도 포함이라며, 지금 시래깃국을 끓였는데 먹으라고 했다. 주는데 안 먹으면 예의가 아닌 것 같아서 일단 배식을 받았다. 그런데 너무 피곤하고 괴로워서 도저히 밥이 넘어가지 않았다. 하지만 절에서 음식을 남기면 중죄인 것 같아서 남길 수도 없었다.

한 시간만 자고 새벽 안개를 봐야지. 작은 방의 문을 열었다. 아저씨들이 코를 골면서 자고 있었다. 사고 일어나니 12시었다. 이러고 안개를 보려고 그

고생을 했는데 안개를 못 봤네. 거울에 비친 나는 살이 쏙 빠져 있었고, 피부가 하얗게 떠서 곧 죽을 것 같았다. 그 고생을 했는데 안개를 못 봤네. 나는 시집 17권과 함께 하산을 서둘렀다. 산을 내려가는 데도 시간이 아주 많이 걸렸다. 안개를 못 봤네. 나중에 꼭 봐야지. 주차장에서 울산 가는 어머님들을 만나 차 좀 태워달라고 했다.

아주 가끔
소망한 것

현지의 가족은 모두 아팠다. 친구도 아팠다. 고양이도 아팠다. 사람들은 가지각색으로 아팠다. 공황 장애에 시달리거나 만성 방광염에 걸렸거나 치매나 암에 걸렸다. 현지는 대체로 건강했다. 현지는 남을 간호하고, 일을 해서 치료비에 보탰다. 현지는 건강했지만 건강하지 않은 사람들 덕분에 늘 시간이 없었고 돈이 없었다. 현지는 아주 가끔 소망했다. 나도 차라리 아팠으면…… 그리고 지옥에서 아프게 되었다. 지옥에서 깨어난 현지는 간비

뼈에 극심한 통증을 느꼈다. 발이 퉁퉁 불어 있었다. 편두통이 떨어지지 않았다. 이 지옥은 그런 지옥이다. 자주 소망한 것은 이뤄지지 않고, 아주 가끔 해본 생각들만 현실이 되는 지옥이다. 이 지옥의 이름은 테리아 블루다.

거기서 나는 자살할 수 없고, 부자가 될 수 없고, 아내와 고양이를 박수 소리로 고막을 터뜨려 죽인 다음 요리해서 먹게 될 것이다. 언제나 이게 끝이 아닐 거라고 생각하는 건 내 오래된 버릇이다. 나는 지옥에서 언제나 다음 지옥이 있을 것이라고 생각한다. 거기서는 여기서 아주 가끔 소망한 것들만 현실이 되겠지. 그러면 나는 테리아 블루에서 가장 절실하게 소망하고 싶은 것을 아주 가끔만 소망해야 한다. 그러나 나는 다음 지옥이 있었으면…… 다음 지옥이 무조건 있어야만 해…… 자주 소망했으므로 다음 지옥은 존재하지 않는다.

아주 가끔 사랑한 것들을 절실히 사랑하게 되는 지옥도 있을까. 난 아마 거기서 곰팡이나 구더기를 사랑할 것이다. 가끔 그것들이 귀엽다고 생각했기 때문이다. 하지만 자주 혐오했는데. 테리아 블루에서 나는 구더기일지도 모른다. 바퀴벌레는 아닐 것이다.

바퀴벌레가 되고 싶다는 소망은 가져본 적이 없기 때문이다.

아르바이트

좋아하는 인디 뮤지션이 있었
다. 아직도 좋아하는 그 사람.
나의 신. 나의 신이 매니저로
일하는 홍대 라이브 클럽 겸
술집이 있었다. 거기서 알바생
을 구했다. 저녁 7시부터 새벽
4시까지, 알바생이랑 매니저
랑 둘이서 일하는 거였다. 둘
이 같이 일하면 얼마나 행복할
까. 그래서 제발 나를 써달라고
했다. 알바생으로 뽑혔을 때 얼
마나 기뻤는지 모른다. 나는 스
무 살이었고, 첫 알바였고, 일
주일에 네 번 일하는데 알바비
는 한 달에 50만 원이었다.

　유명한 밴드가 공연하는

날에는 관객이 꽤 많이 왔다. 유명하지 않은 밴드들이 공연하는 날에는 관객이 아예 없었다. 유명하지 않은 밴드에게 페이를 아주 조금만 지불하고 맥주 한 병을 공짜로 줬다. 유명하지 않은 밴드의 관객 없는 공연도 재밌었다. 처음엔 그랬다. 나 혼자 손님이 된 것 같았다. 나는 알바생인데 가끔은 관객석에 가서 앉아 있었다. 매니저가 나에게 그러지 말라고 주의를 줬다. 공연이 없는 날에는 많아야 세 테이블 정도 손님이 들었다. 대부분 공연이 없는 날이었다.

출산한 지 얼마 되지 않아서 육아를 하고 있는 사장님. 나는 사장님을 본 적이 한 번도 없었다. 손님이 없는 나날이 이어졌다. 나는 젊었으므로 몇 안 되는 손님들에게 레시피보다 술이 더 들어간 칵테일을 만들어주면서, 이상한 애교도 부리면서 어떻게든 일의 재미를 찾으려고 했다. 어두컴컴한 클럽 조명 때문에 북 라이트를 하나 사서 책이라도 읽으려고 했다. 나의 신은 책을 읽지 말 것을 권고했다. 맞는 말이었다. 난 정말 어렸다. 시간을 어떻게든 알뜰하게 보내고 싶었다. 난 정말 이기적이었다. 어쨌든 난 계속 재미를 찾으려고 했다. 손님이 정말 없었다. 설거지를 많이 했다. 수도에선 찬물만 나왔다.

시간이 정지되어 있었다. 지하에 있었다. 신이 있었다. 내가 찾은 재미가 있었고, 관객 없는 공연이 있었고, 흥분되는 유명 밴드의 공연이 한 달에 딱 두 번 있었고, 관객 많은 공연의 뒷정리, 깨진 술병과 오바이트가 있었다. 내가 사랑하는 신이 있었다. 나는 신과 함께 지옥에 있었다. 손님이 없는 나날이 이어지던 어느 날, 매니저가 컴퓨터로 이메일을 쓰고 있는 것을 보았다. 몰래 가서 뭐라고 쓰고 있는지 훔쳐봤다. 사장에게 손님이 잘 들지 않는다고, 무엇이 문제인지 잘 모르겠지만 알고 싶다고, 노력하겠다고 쓰고 있었다. 훔쳐보는 것을 들켰다. 보지 마세요. 이제 퇴근하세요.

새벽 4시에 끝나면 택시를 타고 대학교 과방에 가서 잠을 잤다. 과방에는 라디에이터가 없었다. 너무 추웠다. 가끔은 선배들이 술을 마시고 있었다. 나도 합류하곤 했다. 새벽 4시의 술자리는 정말이지 지옥 같았다. 조금 자고 일어나서 수업을 들었다. 끝나면 다시 클럽에 갔다. 손님이 없었다. 어느 날은 매니저가 내가 퇴근한 후에 남아서 잡무를 보고 있었는데, 고양이보다 더 큰 쥐가 두 발로 서서 쓰레기봉투를 뒤지는 것을 보았다고 했다. 어느 날 나는 과방에 가지 않고 클럽의 방석을 모아서, 라디에이터 옆에 꼭 붙어서 잠을 잤다. 그러다 쥐 얘기가 떠올랐다. 지하 감옥 같은 클럽의 새벽은 너무나도 추웠고, 쥐가 나를 덮치진 않을까 두려워서 잠을 자지 못했다. 무서웠다. 부스럭거리는 소리가 들렸다. 쥐였다. 정말로 살찐 고양이 같았다. 나는 숨을 죽이고 쥐가 사라질 때까지 가만히 있었다.

유명한 밴드의 공연이 있었던 날. 주말이었고, 나는 늦잠을 자서 지각을 하고 말았다. 나의 신은 혼자서 모든 것을 다 감당해야만 했다. 죄송해서 죽고 싶었다. 그날 나는 일을 그만두겠다고 했다. 매니저는 기쁜 내색을 숨기지 않았다. 조금은 아쉽게 생각했던 것 같다. 하지만 내가 너무 일머리도 없고, 지각도 했으니까. 쥐도 무서웠으니까. 새로운 알바를 찾아 떠날 시간 같았다. 거기서 일했던 짧은 기간 참 웃긴 일들이 많았다. 우리는 같이 춤도 췄다. 손님이 없었다. 돌아가고 싶다.

돌아가서 책임지지도 못할 말을 더 많이 하고, 이상한 일을 벌이자고 응원을 하고, 나의 신이 손님이 너무 많이 와서 월급을 늘려달라고 사장에게 이메일을 보내는 것을 훔쳐보고 싶다. 시간이 정지한 것 같았다. 그래서 거기선 뭐든 할 수 있을 것만 같았다. 하지만 나는 흐르지 않는 일 초를 세고 있을 뿐이었다. 여기선 시간이 너무 빠르게 흐른다. 그래서 시간을 셀 수 없다. 지옥에서는 내 마음대로 되는 것이 정말 하나도 없구나. 어쩌면 마음이 없는 게 아닐까요? 신이 묻는다.

탈영병

1

고등학교 2학년 때였다. 월곡
역에서 춘천까지 도보 여행을
떠났다. 동료가 있었다. 중학
교 동창인 남자애 하나와 여자
애 하나. 셋이서 저녁에 출발
했다. 겨울이라 추웠지만 어렸
을 때라 그런지 참을 수 있었
다. 일곱 시간쯤 걸었을까? 도
저히 걸을 수 없는 시간이 왔
다. 새벽 4시쯤 됐던 것 같다.
우린 경찰서에 들어가서 잠시
몸을 녹였다. 경찰이 우리더러
가출했냐고 물었다. 여행 중이
라고 하고 경찰서에서 나왔다.
작은 시골 장례식장에 들어가

서 아무도 없는 빈소에 누워 있었다. 옆에 상을 치르고 있는 빈소가 하나 있었다. 상주가 우리에게 와서 음료수를 건넸다. 더 머물면 민폐일 것 같아 장례식장에서 나왔다. 다행히 목욕탕을 찾았다.

정오에 카운터에서 만나자. 여자애는 여탕으로 가고 우리는 남탕에 갔다. 장판이 후끈후끈한 탈의실에 누워서 잠을 잤다. 목욕탕에서 나와 여자애를 기다리는데 나오지 않았다. 한참을 기다렸다.

"미안, 내 여행은 여기까지인 것 같아. 좋은 경험이 됐다. 많은 걸 배웠어. 너희들은 꼭 춘천까지 가도록 해." 여자애에게서 문자가 왔다. 다급히 전화를 걸었는데 받지 않았다.

"벌써 버스를 타고 서울로 돌아가고 있어. 언젠가 다시 만나자." 문자가 왔다.

남겨진 우리는 계속 걸었다. 한참을 걸었다. 갑자기 남자애가 얼굴을 찡그렸다.

"추워서 허벅지 살이 텄는데, 청바지가 너무 꽉 껴서 살이 계속 쓸려. 피가 난다. 도저히 안 되겠어. 난 버스를 타고 먼저 춘천에 가 있을게. 혹시 너도 버스 타고 갈래?"

"참으면 안 돼?" 이렇게는 끝낼 수 없었다.

"벌써 오랫동안 참았어." 친구의 결심은 확고했다.

"난 아까우니까 조금만 더 걸어볼게." 그렇게 친구를 버스 정류장에 두고 나는 계속 걸었다.

내 앞으로 춘천행 버스가 지나갔다. 친구가 저기 타고 있을까? 혼자 세 시간 더 걸었다. 함께 걷는 사람이 없으니 뛸 수 있었다. 정신없이 뛰다가 무릎에서 뚝 하는 소리가 났다. 그날 이후로 나는 겨울만 되면 무릎이 아프다. 강원도입니다. 팻말이 나타났다. 조금만 더 걸을까? 강원도에 도착한 것으로 만족할까? 나는 만족하기로 했다. 친구가 춘천의 찜질방에서 기다리고 있었다.

2

크리스마스였다. 나와 내 친구들은 벌써 몇 년째, 크리스마스엔 꼭 남산을 올랐다. 케이블카를 타지 않고 걸어서 등산했다. 올라가서 담배를 피우고, 밤하늘에 연기가 퍼지는 것을 구경하다가, 가족이나 커플을 구경하다가 내려오는 것이 우리의 의식이었다. 그날도 명동역에서 모였다. 명동에서 점심을 먹었던 것 같다. 남산으로 향하고 있는데 한 친구가 말했다.

"오늘은 너희들끼리 가면 안 돼? 내가 하는 게임

221

오늘 피시방 이벤트가 있어서 안 되겠다." 처음엔 장난인 줄 알았는데 진심이었다.

"그게 무슨 말이야. 갔다가 와서 하면 되잖아."

나는 친구를 설득하려고 했다. 하지만 친구의 고집은 완강했다. 우리는 밖에서 30분 동안 실랑이를 벌였고, 결국 친구를 보내줬다. 다른 친구들의 전의도 상실되어서, 그냥 다들 집으로 돌아가겠다고 했다. 친구는 피시방에 가고, 다른 애들은 술집으로 술 마시러 갔는데. 나는 혼자서라도 의식을 치러야만 했다.

남산을 올랐다. 함께 오를 때는 이렇게 춥지 않았는데. 혼자 오르니 끝이 보이지 않았다. 혼자 내려와야 한다고 생각하니 아주 귀찮았다. 그래도 전통을 깨는 것이 아까웠다. 크리스마스엔 남산인데. 몇 년후에 나는 〈크리스마스엔 남산〉이라는 영화를 찍었다. 어떤 애가 크리스마스에 피시방에 가야 돼서 모든게 망가지는 얘기였다.

3

양력 1월 15일이었다. 정월 대보름은 음력 1월 15일이지만, 양력 1월 15일도 달이 아주 밝고 컸다. 친구들과 노래방에 갔다가 나온 참이었다. 이제 뭘 하지?

갑자기 관악산 정상에 가보자는 얘기가 나왔다. 저녁 9시였다. 겨울인데 괜찮을까? 가다가 너무 힘들면 내려오지 뭐. 그래서 우린 야밤에 관악산을 오르기 시작했다.

우리는 달빛에 흠뻑 취했다. 정말 아름다웠다. 20분쯤 걸었을까. 이제 본격적인 등산이 시작될 참이었다.

"너무 위험해." 한 친구가 말했다.

"맞아. 너무 춥고 오래 걸릴 것 같아. 여기까지 온 걸로 만족하자. 달이 참 예뻤잖아." 다른 친구 둘이 동의했다.

그래서 나는 혼자 오르기 시작했다. 캄캄해서 발밑이 잘 보이지 않았다. 얼어붙은 약수터가 너무 많았다. 계속 미끄러져서 온몸에 멍이 들었다. 이러다 조난을 당하는 거 아닐까? 얼어 죽는 게 아닐까? 달이 구름 속으로 들어갔다. 나는 네 발로 기어서 올라가기 시작했다. 이거 내려갈 때는 어떻게 내려가지? 더 큰일이 생기기 전에 지금 내려가야 되는 거 아니야? 아깝잖아…….

관악산 정상 바로 아래에 있는 연주암이라는 절에 도착했다. 대웅전에 들어갔나. 대웅전은 낭연이 텅 비어 있었다. 나는 방석을 깔고 부처님에게 절을 하기 시작했다.

"부처님! 감사합니다! 착하게 살게 해주세요!"

그렇게 이상한 기도를 하고 산을 내려오는데, 달빛이 더 밝아져서 땅이 아주 잘 보였다. 뛰어서 내려오니 12시였다. 친구들은 아직 집에 가지 않고 나를 기다리고 있었다. 누가 편의점에서 막걸리를 사서 마시자고 했다. 막걸리가 너무 차가워서 마실 수가 없었다. 아까운데……. 집에 들고 가서 마실 수도 없었다. 우리가 고등학생이었기 때문에. 그래서 우리는 차가운 공원 바닥에 막걸리로 글씨를 썼다. 다음 날 공원으로 나와보니 막걸리 글씨가 얼어 있었다. 추위가 사그라들면 막걸리로 쓴 글씨가 녹아 사라질 것이었다. 아까웠다.

악어

내 이야기는 기본적으로 실화지만 지금부터 할 얘기는 정말로 내가 겪었던 일이다. 여러분이 꿈 일기 같은 것이라고 착각할 수 있어서 미리 알려둔다. 동물원에 악어가 있었는데 우리는 구름다리 위로 걸어가면서 악어를 내려다볼 수 있었다. 사람들은 분수대에 던지는 것처럼 악어의 등에 동전을 던졌다. 악어의 등에 동전이 수북했다. 분수대에 가득 찬 동전처럼 악어 등의 동전도 오래된 것 같았다. 그 악어는 몸을 뒤집거나 격하게 움직이는 법을 까먹은 것이 분명했다. 실제로 악어는 내가 지켜보는 10분 동안 5센티미터도 움직이지 않았다.

내가 파충류관을 다시 찾았을 때, 악어의 등껍질에는 동전이 더 많이 쌓여 있었다. 나는 이번에는 거의 한 시간 동안 구름다리 위에서 동전 악어를 내려다봤다. 그리고 어느 날 친구와 나는 파충류관 옆에 있는 팻말이 없는 어떤 건물에 몰래 들어갔는데, 거기서 수백 마리의 악어가 수심이 얕은 수조에 가득 차 있는 것을 보았다. 왜 동물원에서 악어 양식을 하고 있었던 것인지 아직도 이해할 수 없다. 그 커다란 수조는 송어 양식 수조보다 조용했다. 악어들은 죽은 것처럼 엎드려서 조금도 움직이지 않았다.

그로부터 10년이 지난 어느 날이었다. 그 수조가 꿈에 나왔다. 수백, 수천 마리나 되는 악어들의 등에 동전이 깔려 있었다. 나는 같은 꿈을 다시 꾸지 않는 사람인데, 이 꿈은 주기적으로 계속 꿨다. 나는 주기적으로 그 수조로 불려가서 악어들이 얼마나 움직이는지, 동전이 몇 개 정도 쌓였는지, 수조 바닥에 떨어진 동전은 없는지 살펴보곤 했다. 내 주머니에는 동전이 수북했다.

그러나 내가 동전을 던지면 악어의 등에 안착하

지 못할 것 같았다. 내가 실패하면 내 실패의 대가로 외국에 사는 누군가가 급사할 것만 같았다. 하지만 내 주머니에는 동전이 수북했다. 너무 무거웠으며 점점 더 무거워졌다. 동전을 던져야만 했다. 그래서 나는 악어의 등에 있는 동전을 내 동전으로 맞춰서 떨어트리기로 했다. 그건 성공할 수 있을 것 같았고, 동전을 제거하면 악어가 행복할 것 같았다. 하지만 내가 던진 동전은 등껍질 가시 사이사이에 콕콕 박혀서 안착할 뿐이었다. 나는 내 실패의 대가로 외국에 사는 누군가가 급사하는 것을 느꼈다.

지옥에서의
인기

익살스럽고 살짝 맛이 간 사람이 되면 인기가 하늘을 찌를 줄 알았다. 그래서 지옥에서도 그런 사람이 되고자 했다. 터무니없는 사람을 상상하면 잠깐 고통을 잊을 수 있었기 때문이다. 하지만 그냥 말 많고 귀찮은 사람이 되고 만 것 같다.

시를 써서 초능력 비슷한 것을 얻었다. 대상에서 의미를 벗겨내는 방법을 알아버렸다. 슬픈 것도 웃긴 것도 아니게 묘사하는 방법을 알아버렸다. 알아낸 방법으로 이야기를 만들면 위로도 아니고, 선언도 아니게 되었다. 위로가 필요한 사람에게는 위로이고, 선언이 필요한 사람에겐 선언이고, 충격이 필요한 사람에게는 충격이게 둘 수도 있었다. 하지만 나는 글의 마지막 문단에서 꼭 한마디를 덧붙여야 직성이 풀렸다. 어찌됐건 슬프다는 말을 해야만 했다. 내 이야기는 고통을 잠시 잊기 위해 시작된 것임에도, 말미에 가서는 어떻게 해도 잊을 수 없다고, 잊었다는 느낌도 착각에 불과하다고, 슬프다고, 항상 칭얼거리면서 끝난다. 그래서 다들 시끄러워한다.

겉모습이라도, 목소리라도 아름다우면 좋을 텐데. 인기가 많으면 좋겠다. 인기가 많으면 고통을 잠시 잊을 수 있을까? 지옥에서 인기를 갈구하는 말 많고 귀찮은 사람. 그 사람의 고양이는 그 사람의 손등 위에 머리를 올려놓고 낮잠을 잔다. 무게를 느낄 수 없고, 따뜻한 온기만이 전해져온다. 네가 내 손등 위에서 잠꼬대를 할 때 나는 의미라는 옷을 벗은 것 같다. 다음 지옥에서도 너를 만날 수 있을까?

다다음 지옥에서도 너를 만날 수 있을까? 만약 다음 지옥에 네가 없더라도, 다다음 지옥에 네가 없더라도, 어떻게든 너를 찾기 위해서 계속 지옥을 탈출할 기야. 더 밑으로, 더 아래로 향힐 꺼야. 구굴하러 가는

게 아니야. 네가 아닌 다른 것들을 잠시 잊기 위해 가
는 거야. 어디에 있니.

본 도서에 인용된 시가 수록된 시집들

「조합원」(『에듀케이션』, 문학과지성사, 2012.)
「가장 좋은 목표」, 「You can never go home again」,
「무인도의 왕 최원석」(『여기까지 인용하세요』, 문학과지성사, 2019.)
「나는 모스크바에서 바뀌었다」(『항상 조금 추운 극장』, 현대문학, 2022.)

지옥보다
더

아래

1판 1쇄 펴냄 2024년 2월 5일
1판 2쇄 펴냄 2024년 7월 15일

지은이 김승일
펴낸이 손문경
펴낸곳 아침달

편집 송승언, 서윤후, 정채영, 이기리
디자인 정유경, 한유미

출판등록 제2013-000289호
주소 04029 서울시 마포구 양화로7길 83, 5층
전화 02-3446-5238   팩스 02-3446-5208
전자우편 achimdalbooks@gmail.com

ⓒ 김승일, 2024
ISBN 979-11-89467-96-8 02810